「また、必ず会おう」と誰もが言った。
偶然出会った、たくさんの必然
喜多川泰
Kitagawa Yasush
サンマーク出版

OKI
OKI
富士倉庫

僕に起こっている出来事は、
すべて行き当たりばったりの
偶然ばかりだと思っていた。

「いやぁ、それにしてもおもしろい経験をしているねぇ。
今は、おもしろいなんて考える暇はないかもしれないけど、
たぶん君の人生において一生忘れることができない経験を
今しているのは間違いない。
そんな経験の途中で出会えた僕もラッキーだなぁ」

「ええか、兄弟。おまえの人生はおまえのもの。
すべておまえの責任で起こる。相手が大人だろうが、先生だろうが、
言いなりになって何かを手に入れようなんて思ったところで、
おまえはおまえらしさを失う。
そして、それによって起こることを自分のせいじゃなく、
他人のせいにして生きる。わかるか?」

「また、必ず会おう」と誰もが言った。

～偶然出会った、たくさんの必然～

目次

一日目　それはウソから始まった

僕の名前は秋月和也。

自分で言うのも何だがウソつきだ。

その上、プライドが高く、ウソつき呼ばわりされるのが何よりも気に入らないという不自由な性格。

その二つが重なり合ったことが原因でこんなところに来るはめになった。

しかもよりによって一人で……。


ゲートを出た僕は、手首のところでクルクル回るバンドの大きさが合わない不愉快な腕時計に目をやった。

五時ちょうどだった。七時五分の飛行機には十分間に合うだろう。

ようやく自分の役割を終え、この罰ゲームのような一日から解放されることに対する安堵《あんど》から、ふうっとため息が出た。

ディズニーランドのゲートの外は、夕方にもかかわらず、これから中に入ろうとするカップルが列をなしてチケットを買い求めている。こんな時間に帰る奴なんて僕ぐらいだろう。

いや、それどころか、きっとこの日、一人でディズニーランドに来たのは僕だけのような気がする。

チケット売り場で「お一人様でよろしいでしょうか」と言うお姉さんの、目を大きく見開いた表情を目にするまでは、その不自然さを考えもしなかったが、瞬時につくったような笑顔を見せて「ごゆっくりお楽しみください」と言われたときに、一人で来たことを心から後悔した。そう、ここは一人で来るような場所ではないのだ。何度そのことを思い知らされることになったか……。数え切れない。

結局、この時間まで、「早く帰りの時間が来ないかな」ということばかり考えながら過ごしていた。

お盆を過ぎたとはいえ、照りつける太陽は真夏のそれである。

アトラクションの列に並んでいるときなどは、熱気で汗がひどかった。汗で皮膚に張りついた服は不快感を増大させる。風もなく、人混みによる熱さとにおいから何度も逃げ出したくなった。それにもかかわらず、僕の前後にはいつも不快さを微塵《みじん》も感じていないかのように大声で話し合うカップルやグループがいて、それだけで僕はイライラした。

「何名様ですか？」と聞かれるたびに、人差し指を一本立てて、聞こえないくらいの小さな声で「一人です」と言った。

何に乗っても、どこにいても楽しいと思えなかった。

きっと旅行は「どこに行くのか」よりも、「誰と行くのか」のほうがずっと大切なのだろう。

これほどディズニーランドを楽しまなかった奴もめずらしいはずだ。

そう思うと我ながら、バカらしさから笑みがこぼれた。

僕にとって初めての東京で、電車で羽田空港まで行くのはちょっと億劫《おっくう》だった。乗り換えも少し自信がない。幸い、ここからは直通バスが出ているのでそれに乗り込んだ。

座っている人もまばらなバスの、後ろのほうに座り、窓枠にヒジをついて、夢と魔法の国を外からぼんやりと眺めた。

本当に日帰りでこんなところまで来ることになるとは、正直自分でも思ってもみなかったが、何はともあれこれで役目は終わったのだ。

ポケットの中からデジカメを取り出し、頼んで撮ってもらった何枚かの写真をチェックした。

そこには、仏頂面の僕と、対照的ににこやかな表情のミッキーが肩を組んで写っていた。

明らかに不機嫌そうな顔をつくっているにもかかわらず、よく見ると半笑いのようにも見えるのが自分でも恥ずかしい。

「何はともあれ、これで大丈夫だろう」

すべては、何げなくついたウソから始まった。ウソというよりも、見栄と言ったほうがいいかもしれない。


僕の高校では二年生の秋に修学旅行に行くことになっている。

今年も東京が修学旅行先に決まった。中でも話題の中心は「ディズニーランド」。

わたりの太いズボンと鋭角に剃《そ》り込んだM字額を自慢としている連中まで「プーさんのやつに絶対乗りたい！」と言っている。その画を想像するだけで苦笑いになる。ディズニーランドではこいつらの近くにはいないほうがよさそうだ。

当然僕もワクワクしなかったと言えばウソになる。

でも、そんなことではしゃいだり嬉しそうにするのはかっこわるい。

いや、正直なところは、自分のキャラクターに合っていないと思ったというか……。

とにかく、何事にも無関心を装っている奴が、ちょっとカッコよく思えたりしていたから、興味のないふりをしてた。

夏休み途中の登校日に、その話題になった。

「ディズニーランド、楽しみやね。早く修学旅行にならんかな」

みんなが盛り上がっている中で、僕は一人「ふんっ」と鼻で笑った。

「和也は楽しみじゃなかと？」

「別に」

「かっこつけんなよ」

「別にカッコつけてるわけじゃなかよ。ディズニーランドって何もめずらしいとこじゃなかやろ。ただの遊園地やん」

「和也、もしかして行ったことあると？」

あまり深く考えずに次の言葉は出た。

「ああ、あるよ」

「ふうん、そうなんや……」

誰もがそれで納得するはずだった。

ところが僕の気を動転させる一言が史弥から発せられた。

「おまえ、ウソやろ」

とっさに僕は反応していた。

「マジやって。ウソ言ってもしょうがなかやろ、そがんこと」

「いつ行ったん？」

「去年の夏……」

言ってから「しまった」と思った。せめて一昨年にしておけば、史弥とは違う中学だったから「へえ」ですんだかもしれない。

「ますます怪しかのぉ。去年の夏は、そがん話まったくしとらんやったとに」

「全然おもしろうなかったけん話さんかっただけだよ」

史弥の奴は僕がウソをついているという確信があるのだろう。

僕を追いつめようとした。

「証拠は？　ディズニーランドに行ったんやったら写真の一枚くらいあるやろ」

「ああ。あるよ。家に」

「それ見せてよ」

「よかよ。今度持ってくるけん」

「じゃあ、九月一日に持ってこいよ。楽しみにしとるから」

史弥は不敵な笑みを浮かべて去っていった。

僕は、信用してもらえないことに対する苛立《いらだ》ちを表情で表した。ウソをついているのは自分なのに、それを信じてもらえないからといって腹を立てている自分がいた。

「史弥の奴が余計なつっこみ入れるから変なことになってしまった。へえ、で流してくれればいいことなのに」

僕の苛立ちは史弥への八つ当たりとなって、沸々と煮えたぎっていた。

数分たってその怒りが収まりかけたとき、初めて焦りがやってきた。


「どうしよう……」


その日は一日中、どうしようかと考えていた。

今さら「本当は行ったことないんだ！」とは言えない。撮った写真がなくなったことにして、持ってくることはできないと言おうかとも思ったが、それならそれで、より鋭い質問を浴びせかけることによって、僕のウソを暴きにくるだろう。

そこでシラを切り続けたとしても、修学旅行でディズニーランドに行くのが苦痛で仕方がないものになってしまう。

それにしても、僕はどうして「ある」なんて言ってしまったのだろう。

自分がとっさにウソをついたことが意外でもあり、でも、自分の中にはそういうウソつきな自分がいることも確かで、そのことをひたすら後悔した。

行ったことがないからって別に恥ずかしいことでもないだろうに。自分をよく見せようとしてウソをつくところが昔の僕にはよくあった。自分の嫌いなところだ。

小学校時代はとくにひどかった。最近はそんなことも少なくなってきたのに、よりによってこんなところで……。


無表情でテレビの画面を見つめる僕に、母が声をかけた。

「さっきから全然、お箸《はし》が動いとらんよ。どこか具合が悪かとね？」

「ん？　うん……別に……」

気のない返事をして、聞こえないほど小さな声で「ごちそうさま」を告げた僕は席を立ち自分の部屋へと向かった。

ベッドに仰向けになり、天上を見つめながら、それが何度目になるかわからないため息をついた。

そのとき、瞬間的に心が決まった。

「よし。行こう！　ディズニーランド！」

僕はベッドから跳ね起き、賽銭箱《さいせんばこ》の形をした貯金箱に手を伸ばした。

今年の正月から貯《た》め続けてきた小遣いが三万二〇〇〇円になっていた。それを使って冬には革ジャンを買いたいと思っていたのだが、自分の名誉がかかっている。使うことにあまりためらいはなかった。

むしろ、自分でも意外な展開を決断したことに対して少し胸が躍っていた。

問題は、これで足りるかどうか……。

僕は母に掛け合ってみることにした。以前友達と博多に遊びに行くことになったときに、熊本、博多の往復の旅費と向こうでの食事代にということで一万円をくれたことを思い出した。

今回もその手でいこう。

そうと決まると、さっそくリビングへ逆戻り。

こういう交渉は、父が帰ってくる前にさっさとすませておくに限る。僕の母はそういうことに関してあまりうるさくない。ちゃんと、誰と何をしに行くのかさえ伝えておけば「気をつけて行ってきなさいよ」と送り出してくれる。

父はその日の気分によって答えが違うが「行くのは勝手だが、お金を出してやる必要はないぞ」というのがおおかたの答えだ。それで何度か遊びに行くお金をもらい損ねたことがある。

先ほどとはうってかわって饒舌《じょうぜつ》になった僕は、夏休みも残り少ないことや、そろそろ受験のことも考えなきゃいけないなぁ……という世間話をしながら、話を切り出すタイミングを探した。

「で、明日友達三人と一緒に、大学見学をかねて博多に行くことになったと。ほら、三年生になってからやとそがんことをするヒマもなかほど勉強せんばいかんし……」

我ながら上手いウソだと思った。

「そうねぇ。まあ、一度くらい下見をしてくるのもよかね」

母は、目線を洗っている皿から外さずにそう言った。そのあとどんな質問が来るのかも予想はついているのだろう。少し笑っているようにも見える。

「で、お金が欲しかとけど……」

「よかよ。待ってなさい。今、出してあげるけん」

母は、水をとめて手を拭《ふ》きながら財布を取り出し、そこから一万円を抜き出した。

「お昼代も含めて、これで十分やろ？　気をつけて行ってらっしゃい」

「う……うん……ありがとう」

母の笑顔を直視できなかった。僕は予定どおりお金を手に入れた喜びよりも、ウソをついてしまったという罪悪感から、一瞬だけ自分のほうから減額を申し出ようとしたが、逆に怪しまれるかと思いとっさにやめた。

一万円を受け取り、そそくさとポケットの中にしまい込んだ。

「洗い物、手伝うよ」

「まあ、めずらしい」

いつもと違うことをして疑われるんじゃないかとも思ったが、何かをしてあげずにはいられなかった。ウソをかくすために、またウソをついてしまったことに対する罪悪感が、皿を洗う僕の手を機敏に動かした。

一通り手伝いを終えた僕は、兄貴の部屋のパソコンを拝借して、飛行機の値段を調べた。

僕が予想していたよりもはるかに高額の値段に驚いた。これでは往復すらできない。途方に暮れているときに、兄貴が帰ってきた。

「おう。何か調べよると？」

「兄ちゃん。東京って結構かかるね」

兄貴は、ネクタイを外しながら、上体を画面に近づけてきた。

「まともに買ったらそりゃ高かよ。でも、ツアーで買ったら安うなる」

兄は、ワイシャツ姿で立ったままパソコンを操作し、格安ツアーチケットのサイトにアクセスした。

「ほら、これなんか熊本から羽田往復チケットとディズニーランドの入場券込みで三万二〇〇〇円やろ」

僕は思わず画面に食い入った。

「ほんとだ！」

「なんやおまえ、東京行くとや？」

「そういうわけじゃなかけど……いくらかかるとやろかって思って……」

兄貴は部屋着に着替えると、

「パソコンの電源切らんでよかぞ。あとで使うけん」

と言い残して、部屋を出てリビングへと向かった。


僕は恐る恐るパソコンに名前や住所を入力して、そのツアーに申し込んだ。

代金を入金して、チケットが届いてからの出発になるのでもう一度母にウソをついて、みんなで話し合った結果、明日じゃなくて四日後になったと言わなければならなかったが、母にとってそれほど重要なことではない情報だったのだろう。

「ふうん」と一言、言っただけだった。

翌日、朝一番で銀行から振り込みをし、その次の日、チケットが届くのを待った。

幸い、母がパートの日だったのでそれが届いたときには、家には僕一人しかいなかった。

何はともあれ準備は整った。

そして今日を迎えた。

前の日はちょっと興奮してよく眠れなかった。明らかにディズニーランドに対する興奮ではなかった。初めての東京への一人旅に対する興奮だ。不安と緊張でもあった。

明け方五時には目覚めた僕は、自分の持っている洋服の中でいちばんお気に入りのTシャツに身を包み、六時を迎える頃には出発の準備を終えていた。

テレビのニュースでは、今日も全国的に太平洋高気圧に覆われて晴れて暑い一日になると言っている。その頃、母が起き出してきた。

「ああ、今日やったよね、博多。もう出ると?」

「うん……そうやね」

なんだかいたたまれなくなって、母から逃げるように立ち上がった。

「じゃあ、行ってくるけん」

「朝ご飯は?」

「駅で買う」

僕は背中を向けたまま、靴を履いて玄関を後にした。

「気をつけてね」

母の優しい言葉が僕の背中に突き刺さった。心の中で「うん」と返事をした。


空港には七時二〇分頃着いた。

八時ちょうどの飛行機で熊本空港を飛び立った僕は、窓の外に見える景色の中に自分の家を探そうとした。

飛行機に乗ったのも実はこれが初めてだ。

気圧のせいで耳が痛くなると聞いたことがあったが、予想以上にひどかった。

地図で見たことのある海岸線を実際に見ながら、本当に東京に向かっているという実感がないまま、窓の外だけを見つめていた。


九時半には羽田に着いていた。

機内で窓から外ばかりを眺めていたから、到着したときには首が痛くなった。

自分が今、東京にいるという不思議。そして、いつまでも消えることのない罪悪感。

夏休みの過ごし方なんてみんな似たようなものだろう。

最近は何をするでもなく夜更かしをして夜中まで起きて、朝は一〇時半や一一時頃に起きるような毎日だった。ところが今、僕は東京にいる。

いつもならまだ寝ている時間に、熊本から一〇〇〇キロメートル以上も離れた大都会に実際に立っている。

無理だと思うことも、案外やってみるとできることがたくさんあるような気がした。

あれほど遠くの世界に感じた東京に、今、自分がいるのだ。ほんの数時間前はまだ、熊本にいたのに。僕は、はやる気持ちを抑えて、ディズニーランド行きのバスを探した。

直通バスはすぐに高速道路に乗った。

片側三車線の広い道路に、どんどん交通量が増す。

まさに初めて見る都会の風景。

いつの間にか入り込んだ長いトンネルを抜けると、左側にはテレビで見たことのある建物が見える。同じバスに乗ったカップルの会話から、そこがお台場であるということを知った。


僕がディズニーランドに着いたのは一〇時四五分だった。

それからあとは、さっき説明したとおり。

夢と魔法の国は僕に、つらくて長い一日という印象だけを残してくれた。


ただ、まさに自分が夢の中にいるんじゃないかと思ったのは確かだ。

熊本から遠く離れた東京に来て、ディズニーランドで一日を過ごし、そして空港に向かうバスから都会の風景を眺めている自分。本当に起こっていることなのに、なんだかどこかで現実だとは思えない自分がいた。

それでもあと四時間もすればまた熊本の自分の家にいることになる。

それもまた、不思議な感覚だった。

ほとんど寝ずに家を出て、丸一日炎天下にいたせいだろうか、僕は自分でもはっきりとわかるほどの疲れを感じて、いつの間にか寝てしまった。

目が覚めたとき、一瞬自分がどこで何をしているのかわからなかったが、すぐに我に返った。窓の外を眺めてみると、左手に観覧車が見えた。そこがお台場あたりだということは来るときに学んだから何となくわかったが、なんだかずいぶん時間がたっているような気がして時計を見た。

バスについているデジタル時計は六時二〇分を示していた。

あわてて、僕は自分の腕時計を見た。僕の時計は五分だけ進ませてある。

間違いない。六時二〇分だ。

バスに乗ってから一時間以上たっていた。

一気に目が覚めて、座席から立ち上がり、バスの前方を見た。はるか彼方の前方まで渋滞が続いているのが見えた。しかも、前に進んでいる様子がない。

「ラッシュの時間ではあるけど、ここがこんなに動かないのはめずらしいなぁ」

このバスに乗っている人がこの道路を使い慣れているというのも変な話だなぁなんて冷静な判断をしている自分と、気が動転してしまっている自分の両方がいた。

そこから五分、一〇分と時間は過ぎるが、車はたまに一台分だけノロノロ進むばかりで、いっこうに空港に近づく気配を見せない。

僕はまた時計を見た。六時三三分。

誰かが、前方を見てはき捨てるように言った。

「事故だよ。あそこ！」

僕は思わず立ち上がった。

車高の高いバスからは、そこからだいぶ前で、右側と真ん中の車線の車が次々といちばん左の車線に進路変更しているのが見えた。

「早く、早く……」

心の中の僕の叫びとは裏腹に車はほとんど前に進まない。

「どうしよう、このままじゃ、間に合わない」

そう思うとじっとしていられなかった。

バスが事故現場にさしかかるまでさらに一〇分を要した。

二つの車線をふさぐように停車している二台の車は、とくに外傷もなく、それぞれの運転手が携帯電話で誰かと話をしていた。

「その程度の事故で止めるなよ！」

僕の怒りはピークに達していた。

ここからあと一五分ほどで空港だろう。

飛行機は七時五分発だ。ギリギリだけど間に合えば乗せてくれるかもしれない。

「頼む！　頼むから……間に合ってくれ……」

僕は緊張でおなかが痛くなってきた。

一度狭くなった車線が事故区間を過ぎて元に戻った。いよいよここから……と期待していたが、バスはスピードが上がらなかった。今度は左からの合流で渋滞になっている。高架になっている左上から動かない列になった車が合流待ちをしているのが見えた。

「最悪……！」

僕の下っ腹はさらに痛くなってきた。グルグル鳴っているのがわかる。

飛行機に間に合うかどうかの問題よりも、トイレに間に合うかどうかのほうが気になり始めた。

その先に観覧車が見えた。

「えっ……あそこがお台場!?」

先ほど見えた観覧車はお台場の観覧車ではなかったらしい。僕は痛むおなかを押さえて、泣きそうになりながら心の中でただくり返すことしかできなかった。

「頼む。頼むから早く……」

その合流地点を過ぎるとようやく徐々にではあるが車が流れるようになってきた。

僕は何度も時計を見ては絶望的になっていた。

無情にも僕の時計は七時を回った。

緊張から来る僕の腹痛はピークを迎えていた。

僕の時計で七時一三分にバスは空港のターミナルに着いた。

僕の時計は少しだけ進んでいる。「もしかしたら、出発が遅れてるかもしれない」

万が一の可能性を信じて僕は空港内部に向かって走った。

血相を変えてまず駆け込んだ先は……トイレだった。

人間の身体は、感情によって大きく支配されるらしい。

飛行機に間に合わないかもしれないという心配が心の中で増大するにつれて、僕のおなかは暴れるような痛みを伴うようになり、もはや我慢できなくなっていた。

唯一ラッキーだったのは、僕がトイレに駆け込んだ瞬間に、一つだけ場所が空いたことだ。出てくるおじさんと半ばぶつかるようにして飛び込んだ。

ベルトを外す手が震えたが何とか間に合った。

「セーフ！」

この状況でそう思った自分に腹が立った。

一段落するのを待たずに、手も洗わずに飛び出した。

搭乗手続きのカウンターに走りながら、出発便の電光掲示板のいちばん上が「19：25　伊丹行き」になっているのが目に入った。

飛び込むように走り込んだカウンターで受付の女の人に、チケットを差し出しながら聞いた。

「あの！　熊本行き！　一九時五分の熊本行きなんですけど！」

その女の人は、噴き出すような汗を流している僕にゆっくりと丁寧に頭を下げた。

「申し訳ございません、お客様。熊本行きのこの便はすでに搭乗手続きを終了して、羽田空港を出発しております」

「そ、そんな……」

落ち込むまもなく、僕はすがるようにその女の人に聞いた。

「ど、どうすればいいですか?」

その女の人はちょっと眉《まゆ》をひそめて、軽く首をかしげた。

「どうすればいいですか?」

「どう……と言われましても……」

「お金、返していただけますか?」

「申し訳ございません、お客様。このチケットはこちらに明記されておりますように、変更や返金が一切できないことになっております」

それから僕は何度か「どうしたらいいんですか」と聞いたようだ。どんなことを言われたのかを覚えていない。何も言わずに僕がいなくなるのを待たれたのかもしれない。よく覚えていない。

僕は空港の出発ロビーで一人立ちつくした。

「どうしよう……」

僕は、高校二年にもなって迷子になった子供のような心境で泣きそうになった。

どれくらいの時間が流れたのか僕にはわからなかった。

出発ロビーにあるたくさん並んだイスに腰かけ、座ったまま携帯電話を見つめていた。

熊本行きの最終の飛行機は飛び立ってしまった。僕にはどうすることもできなかった。どうあがいても今日中に家に帰ることはできない。それだけじゃない。僕の所持金は三四〇〇円。これでは一夜をここで過ごしたとしてもどうやって熊本に帰ればいいのか……。

僕は途方に暮れた。

それでも、家には電話を入れなければいけない。

僕が帰らなければ心配するだろう。

でも、何と言って電話をかけよう。

「今、東京にいるんだけど……」

といきなり切り出したら、母は何て言うだろう。

残りの便数が少なくなるにつれて、空港内部にいる人の数は少なくなっていった。

最後の便の受付が終わったとき、たくさん並んだイスに座っているのは僕一人だった。

仕事を終えた空港関係者が通り過ぎるたびに、僕のことをチラッと見ているのがわかる。

僕はどうしたらいいかわからず、ただ座っていた。誰かが声をかけてくれるのを待っていたのかもしれない。

ところがそんな誰かの訪れもないまま、時間だけがただ流れた。

他に方法もなく、あきらめ半分で家に電話を入れようとした瞬間だった。

「おい！　若者」

短く吐き出されたような声の方向を振り返った。

そこには、両手を腰にあてて僕を見下ろすように立つ、おばさんがいた。

「ぼ……僕ですか？」

「他に誰がいるんだい。おまえさんだよ。これ。ほら」

そう言ってそのおばさんは、四角いものを差し出した。

「何ですか……これは……」

面食らっている僕におばさんはたたみかけるように話した。

「いいから、ほら」

差し出されたそれは化粧用の小さな鏡だった。押しつけられるがままにそれを受け取りながら僕は返事をした。

「あの……これ、僕のじゃないですけど」

「そんなことはわかっているよ。それは私のだもの。ちょっとは自分の顔を見てみなさい。情けない顔してそんなところに座ってぼんやりしてどうすんのよ」

確かにチラッと見た自分の顔は、自分でも驚くほど情けない顔をしている。

「……すいません……」

何に対して謝ったのか、どうして僕が謝っているのかもわからない。でも、とっさに出たのはこの言葉だった。

「おおかた、帰りの飛行機に乗りそびれて、行くところもなく途方に暮れていたんだろ？」

「どうしてそれを……」

「そりゃぁ、わかるわよ。そこで一日中人の往来を見てるんだから」

そのおばさんは土産物売り場を指さした。

「あんたみたいに血相変えて走り込んでくる人は一日に何人かいるわ。はじめは食い下がるけど、どうしようもないということがわかると、すぐ電話をしたり、あきらめて帰ったりするのが普通よ。だけどあんたは、そのどちらでもなかった。ってことは、今日泊まる場所もなければ帰るお金もない。そうやって携帯電話を見つめているってことは、家に連絡しなきゃいけないけど、できない事情がある。どうせ、そんなところだろう」

ズバッと言い当てられて、僕はなんだか安心した。

自分のことをわかってくれる人を見つけたという安心感からだろう。目に涙がたまってきた。

「おまえさん、年はいくつだい？」

「一七です」

「一七といえばもう、一人前の男だ。いっちょ前の男が、たかだか一日二日、家に帰れないくらいで情けない顔するんじゃないわよ。いいかいあんた。男っていうのはね、予定外の出来事に遭遇したときに、腹を決めてそれを受け入れなくちゃダメよ」

「でも、帰れなくなっちゃったんです……お金もないし」

「そういうときこそ、男は情けない顔しちゃダメなの。わかる？　自分の置かれている状況を笑い飛ばすくらいの肝っ玉が大事なのよ」

「……でも……」

「かっこわるいから『でも』ばっかり言わないの。二度と帰る気がないのかい？」

「そうじゃなくて……」

「だったら、いつかは帰れるじゃないか。歩いてだって帰ることはできるんだ。昔の人は全部歩いたんだ。今のおまえさんにできないわけない」

「でも、早く帰らないと……」

おばさんは、あきれたそぶりを見せて、苦笑いをした。

「あのね、若者。あんたが焦っても明日まで飛行機は飛ばないし、財布のお金は増えない。わかる？　そんなこと考えるより、今の状況を楽しみなさいよ。いいかい。一生に一度あるかないかだよ。あんた高校生だろ。

一七歳といえば、高校二年生かい？　どこから来たんだい？　えっ、熊本。結構遠いねぇ。まあいいわ。とにかくその熊本までどうやってかはわからないけど、どうにかこうにか帰るんだ。そしたら、一生忘れられない旅になるだろ」

なんだか、このおばさんと話していると、今の自分の置かれている状況が、たいしたトラブルではないような気がしてくるから不思議である。

言われてみればそのとおりだ。ただ、親に何て説明すればいいか……そのことだけが頭に引っかかっている。このおばさんのおかげで他のことはだいぶ気にならなくなった。

「わかったかい？　わかったらさあ、笑いな」

僕は苦笑いをした。

おばさんは、それではダメだとばかりに、首を横に振りながら、ふたたびあきれ顔をした。

「あのね。さっきも言ったけど、泣いても笑っても、過ぎたことを後悔しても、これからのことを不安に思っても、今日あんたが熊本に帰れないという事実は変わらないのよ。だから今を楽しむの。わかる？」

僕は小刻みに何度もうなずいてから、小さく「はい」と返事をした。

おばさんの笑顔につられて、自然と笑みがこぼれた。

「そうよ。いいじゃない。さあ、立って」

「えっ？」

「ここにいてもしょうがないでしょ。今日はおばさんの家に泊まらせてあげるわ」

「……で、でも……あの……」

「嫌ならいいわよ。ここにいなさい」

「行きます。お願いします」

僕はあわてて鞄《かばん》を肩にかけて、とっさに立ち上がった。

そのおばさんは、一瞬笑顔をつくったかと思うと、軽くうなずいて、くるっと振り返ってツカツカと歩き出した。小柄なのに歩くのが速い。僕はちょっと駆け足になりながら後を追った。


おばさんと一緒に電車に乗った。

切符はおばさんが買ってくれた。

一度電車を乗り換えたがそれがどこで、今、自分がどこに向かっているかよくわからなかった。

ようやく到着した駅に降り立った。

「ここからちょっと歩くわよ」

「ここは東京ですか？」

「川崎よ」

おばさんの家は駅から歩いて二〇分ほどの場所にあるアパートの二階だった。

見るからに古ぼけたアパートで、鉄製の階段を上がるときに響く音がディン、ディン、ディンと一段一段アパート中にこだました。

茶色のベニヤが化粧板として張られた扉に貼《は》りつけられたネームプレートを見て初めて、そのおばさんの名前が「田中」であることがわかった。そういえば、お互い自己紹介すらしていない。

「おばさん、田中さんっていうんですか？」

「そうよ。田中昌美。あなたは？」

「僕は秋月和也っていいます」

「そう、じゃあ和也くん。中へどうぞ。遠慮はいらないわ、一人暮らしだから」

そう言いながら鍵を開け、扉を開いた。


一人暮らしの女性の部屋に入る。僕の人生の中でその最初の経験がこのおばさんだった。


なんだかおかしな気分だ。

部屋の中はきちんと整理整頓《せいとん》がされていて、ホコリ一つ落ちていない。モノが極端に少ないような気がする。入ってすぐ右側に台所と食卓があるスペースを通り過ぎて、奥の畳の部屋に進んだ。八畳ほどの広さに小さなちゃぶ台が置いてある。そこに正座をすると、ぐるりと周囲を見回した。

おばさんは、そのまま台所に行き、まだビールとかはダメよね、と言いながら洗面台のほうへと消えていった。

「どうも……でも、おかまいなく」

足を崩すこともできず、キョロキョロするしかなかった。時計の秒針の音がやけに大きく感じた。そういえばこの家にはテレビがない。

おばさんは自分のビールと、僕のジュースを持ってきて、

「よいしょ」と言いながら座り込んだ。

「あの……」

「ん？」

「おばさん、本当にありがとうございます」

「そんなことはいいのよ。本当はあなたにとってありがたくも何ともないかもしれないわよ。見てのとおり、おばさんはお金持ちじゃないから十分なおもてなしはできないしね」

「そんなの、泊めてもらえるだけで十分です」

「おばさんもね、最初は泊めるつもりはなかったのよ。だけどあなたのことはお店の中でみんなが噂《うわさ》してたの。かわいそうに……どうするのかしらって。そのくせみんな何かをしてあげようという気持ちにはならないのね。それに腹が立ってね。みんなでかわいそうかわいそうって言うから、かわいそうな人ができるだけよ。全然かわいそうじゃないわ。あの若者にとっては、一回りも二回りも大きくなるチャンスだし、一

生の思い出になるわよって言ってやったわ。何しろみんな、口ばっかりでいざ自分のできることなんて考えもしないんだから。さあ、乾杯しましょ」

「あ……はい……」

僕とおばさんは缶を開けた。

「乾杯！」

おばさんは、話し方こそぶっきらぼうだが、笑顔がたまらなく素敵だった。こういう人を本当に優しい人って言うのだろう。そんなことを思いながら、おばさんが持ってきてくれたオレンジジュースを一口飲んだ。

「で、だいたいことの成り行きはわかったわ。まあ、ウソをついちゃったあなたが悪いけど、こうなったからにはしょうがないわね。でも……」

おばさんは壁に掛かった時計をチラッと見た。

「そろそろちゃんと電話しないといけないわね」

「そうですよね。気が重いですが、そうします」

「まあ、心配いらないわよ。多少怒られても、何年かすれば全部いい思い出になるわ。

おばさんがお母さんなら、これを機に何日間か一人で苦労してこいって思っちゃうもの」

「おばさん、いいお母さんになりますよ」

「ハハ。それはあんまり笑えない冗談ね。いいお母さんになれる人がこんなところで一人暮らししてるわけないでしょ。それは置いといて、とにかく、こういうときこそ男を磨くチャンスよ。一回りも二回りも大きな人間になれって神様が与えてくれたチャンスだと思いなさい」

「そうですね。おばさんのおかげでそう思えるようになってきました」

「そのためには、まずは正直にお母さんに打ち明けないといけないわね」

「じゃあ、ちょっと外で電話してきます」

「ダメよ。今ここでしなさい」

「こ……ここでですか?」

僕の声は裏返った。人に母親との会話を聞かれるのはちょっと抵抗がある。まして今回の電話の内容を考えるとなおさらだ。

「そうよ。どうせ外で電話したら、また、肝心なところでウソを言ってごまかすことになるのよ。この上、ウソをついたらもっと状況を悪くするだけよ。自分をよく見せようとするウソをつくつもりがないなら、ここで電話しなさい」

僕は、ちょっと驚いた。

確かにおばさんの言うとおりだ。はじめからウソをつくつもりはなかったけれども、外に行って電話をすれば、きっと自分を守ろうとするウソをついてしまうだろう。何となく納得できる。

「さあ、わかったら、ほら早く。おばさんが見ててあげるからさっさと電話しな」

「わかりました」

僕はゆっくりと目を閉じると、一つ大きな深呼吸をしてから目を開け、携帯電話を取り出した。時間は夜の一〇時過ぎ。親もそろそろ帰ってくると思っている時間だろう。

おばさんはビールを片手に、ニコニコしながら僕のことを見ていた。その瞳《ひとみ》には我が子を見守る母親のような暖かさがあった。

開け放した窓から入ってくる夜風に熊本にはない涼しさを感じた。

僕は恐る恐る家に電話した。

電話に出たのは母だった。

要領を得ないながらも、何とか一通り状況の説明と、どうしてそんなことになったのかを説明して、何年ぶりになるかわからない言葉を口にして電話口で頭を下げた。

「本当に、ごめんなさい……」

母は、最初驚き、その驚きが怒りに変わったかと思うと、すぐに安堵に変わり、しばらくすると怒るというよりも、どちらかというとあきれていた。それから、一つため息をつくと、お世話になる田中さんに替わってほしいと明るい声で言った。

「あのぉ、母が替わってほしいって言ってるんですけど」

「いいわよ」

おばさんは、迷いのない笑顔を見せて、僕の携帯電話を受け取った。

「はいはい……いえいえ、とんでもない。ええ……ええ……。いいんですよ。そんな……気になさらないでください。……はい」

何を話しているのかは聞こえないが、おおよそ、母の言っていることは想像がついた。

しばらく話をしたあとで、おばさんは僕に受話器を差し出した。

「もう一度、話したいって」

「あ、ありがとうございます」

僕は受話器を受け取った。母は笑っているようにも感じた。おばさんに心から感謝した。

「親切な人に声をかけてもらってよかったね。あとでお礼をせんといかんけん、田中さんの住所と電話番号を聞いてきてね」

「うん……わかった。……うん……とにかく、何とか帰るけん心配せんで」

僕は、とにかく早く電話を切りたかった。

電話を切ると、おばさんはかける前と同じように笑顔で僕のほうを見ていた。

開け放たれた窓から、かすかに遠くを走る電車の音が聞こえてくる。沈黙を打ち破るようにおばさんが言った。

「で、どうやって帰るの?」

「どう……って……どうしましょう……」

とりあえず、今日一日寝る場所を得たことには安心したが、いちばん重要な問題が未解決のまま残っていることを、その一言で思い出した。

親にお金を送ってもらおうにも、銀行のカードを持ってきていない。

誰かに借りるしか手はないだろうが、果たして……。

「あんたさぁ、この期に及んで、私がお金を貸してくれればなぁって思ってるんだろ」

「いや、そんな……」

「ハハハ、いいのよ。そう顔に書いてあるもの」

僕は顔が赤くなるのがわかってうつむいた。図星だった。

お金を借りて、あとで返せば万事丸く収まる。それをお願いしようと思っていたのだが、先にズバリと図星を指されると、それを言い出すのも難しい。

僕が押し黙って考え込んでいると、おばさんは意外なことを言った。

「私ね、あなたに最初声をかけたときは、まわりの人たちの偽善的な態度に対して腹が立ってね。どうせみんな『かわいそうだ』って言うだけ言って、いろんな理由をつけて、自分は何もしないのよ。でも、私は違うってことを見せたいだけだったの。誰でもなく、自分自身に対してよ。でね、うちに泊めてあげて、お金を貸してあげて明日あなたを送り出すつもりだったの」

「はい……」

僕は、少し顔を上げた。

「でも、あなたのことが気に入ったわ。それじゃあ申し訳ない気がしてきた」

「どういうことですか?」

僕はもっといい待遇を期待して、自然と顔がゆるんだ。

「決めたわ。あなた、自分の力で帰りなさい。私はお金を貸さないわ」

僕は、言葉を失った。おばさんの言っていることがよくわからない。

「何、変な顔してるの」

おばさんは二本目の缶ビール片手に笑っている。ピッチが速い。よりによってこんなタイミングで酔っぱらってしまったのだろうか。

「いや、あの、お金を貸すだけでは申し訳ないって言うから……」

「何だよ若者。だらしがない！」

おばさんは急に大きな声を出した。

「あんた、九州男児だっていうからもう少し骨のある男だと思っていたけど、案外小心者だね。いいかい。考えてごらんよ。こんなチャンス二度とないわよ。これで私からお金を借りて帰って、向こうから私にお金を送り返してごらんなさいよ。こんな情けない思い出ないわよ。でも、何とか自力で帰ってごらんなさいよ。一生忘れられない思い出になるわよ。男として自分に自信が持てるでしょう」

「言われてみればそうですが……」

「まだ、別の方法考えてるのね。男は決断が大事よ。まずは、そうするって決めてごらんなさい。人生、先がどうなるかなんてわからないのよ。だから悩んでもしょうがない。まずはやるって決めて飛び込むの。誰も経験しなかった夏休みになるわよ。さあ、やるって言ってみなさい」

僕の中で熱い何かが湧き起こるのを感じた。そうだ。昔の人は歩いて移動をしていたんだ。今の僕にできないはずがない。

「わかりました。何とかして帰ります！」

「そうだ、若者！　いいぞぉ。よく言った。もう一回言え！」

「歩いてでも帰ります！」

「もう一回！」

「絶対帰ってみせます！」

「ハハハ」

おばさんと僕は二人で笑った。不思議と何とかなる気がしてきた。

「いい顔になってきたね。人間が『絶対にやる』と自分で決めたことは、他の誰にも止めることはできないんだよ」

僕はうなずいた。まずは絶対にやってやると考えることで、ほとんどのことは達成されたも同然なのかもしれない。僕はこれから始まろうとする筋書きのない旅行に少しだけワクワクし始めた。

「そうと決まれば、おばさんが、今のあなたにとってお金なんかよりもずっと大切なことを授けてあげるわ」

「お金よりも、もっと大切なこと……ですか」

「そうよ。今のあなたは0点だもの。このままでは帰るまでに苦労し通しでしょうかね」

「0点……ですか?」

何に対してそう言われたのかわからなかったけれども、そう言われたことに腹も立たず、受け入れている自分がいた。

「あなた、このままここを放り出されたら、どうにかして、帰るには帰るかもしれないけど、今のままだと『こんな思いは二度とゴメンだ』と思ってしまうような経験しかできないわ。人間不信に陥ったり、都会の人は冷たいって思ったりして、間違った考えをそのまま自分の人生の教訓にしたりするかもしれないもの」

「……」

僕は何も言えなかったが、おばさんの言っていることを認めざるを得なかった。確かにそのとおりかもしれない。今の僕には、この状況を楽しんで自分の人生においてかけがえのない思い出にする自信などかけらもなかった。

「今の僕にとってお金よりもずっと大切なことって何ですか?」

「人より先に動いて、人の役に立つことよ」

「……」

「あなたね、私があなたを招待したからって、安心してそこに座って出されるままにお茶を飲んでるだけじゃダメよ。あなた、お客じゃなくて居候なんだから」

僕は、崩していた足を正座に戻して、姿勢を正した。

「は、はい……」

「今日はいいわよ。でもね、あなたが今まで家でしてきたように振る舞っていたら、あなたを泊めてよかったと思ってくれる人なんて誰もいないわ。それでも文句も言わずにすべてを受け入れてくれる人は、あなたのお母さんだけ。同じことを彼女にでもやってごらんなさい。三日と待たずにふられるわよ」

「はい……」

「あなたね、あなたが泊まった家では、食事の後片づけ、布団の上げ下ろし、風呂掃除から、トイレ掃除、誰よりも早く起きて、朝のゴミ出し、部屋や廊下、階段の掃除から玄関の掃除まで、そりゃあもうこれでもかというくらい、しっかりやりなさいよ。いいから座っててと言われても、取り上げてでもやるくらいの勢いがなくちゃダメ。わかる?」

「わ、わかりました」

僕は、気が引き締まる思いがした。もちろんタダで泊めてもらえる、なんて虫がよすぎるが、自分が何かをしなければならないという視点も、まったくなかった。僕はこの家に来てからの自分の過ごし方を反省した。確かに0点だ。

「それができればね、世界中どこへ行っても居候できるわよ。逆にいつまでもいてちょうだいって言われるくらいにね。それにね……まあ、いいわ。あとはやってみればわかることだから。とにかく、それができれば怖いものなしよ」

僕は、ただ緊張してうなずくことしかできなかった。明日はおばさんよりも早く起きてやらなければならないことがたくさんありそうだ。

「さあ、心も決まったことだし、風呂にでも入っておいでよ」

思えば朝から汗が乾く間もない一日だった。

さっきまでの僕なら、「それじゃあ」とばかりに、言葉に甘えるところだったが、おばさんに先に入ってもらった。

その間に、食器を洗ったり、テーブルを拭いたり、とりあえず思いつく限りのことをした。

お風呂から上がったおばさんは、感心した様子で、

「行動が早いのはいいことね。その調子よ」

と言ってくれた。


床と壁がタイル張りの浴室に、ステンレスの小さくて深い浴槽。ずっと昔、母方の実家に行ったときの雰囲気を思い出す。湯船に入ると、自分がどうしてこんなところにいるのか改めて不思議になった。

「昨日の今頃、まさかこんなところで風呂に入ることになるなんて想像できなかったよな……」

そして、明日からまた予想もつかない日々が待っている。

僕の心は少しだけ躍っていた。

風呂から出るときに、浴槽をピカピカに掃除してから出たのは言うまでもない。

脱衣所には僕の脱ぎ捨てた洋服はなく、Tシャツとパンツ、ジャージのズボンが用意してあった。使い古したそれらは最近使われていないのだろう。防虫剤のにおいが

した。ただ、Tシャツだけはどうも新品のようだ。

僕はそれに着替え、バスタオルで頭を拭きながら部屋へと戻った。

「これ、着させてもらいました」

「そのつもりで置いたからいいのよ。あなたのは洗っているわ。今、干しとけば明日までには乾くから」

「これ……」

「ああ、息子のよ」

「息子さんがいらっしゃるんですね」

「もう何年も会ってないけどね」

「そうなんですか……」

とてもデリケートな話題のような気がして、僕はその話を避けるように、別の話題を探して部屋の中をキョロキョロした。

僕とおばさんはもう一度先ほどの居間に座り直した。

「さて、じゃあ、明日以降どうするか話し合おうか」

「そうですね」

僕たちはふたたび乾杯をした。

★

この先どうするかはあっさり決まった。

おばさんが言うには「青春18きっぷ」というのがあるらしい。本来なら五枚つづりでの販売だが、バラで売ってくれるチケットショップが駅前にあるという。きっと一枚二千数百円で買えるだろうとのこと。

それを使うとＪＲの普通電車に一日乗り放題だ。朝早く出れば岡山あたりまでは行けるんじゃないだろうか。実は岡山にはおじさんがいる。そこまで行けば何とでもなるだろう。

そこから先はどうとでもなるということで、話は決まってしまった。

おばさんは最後まで、

「できれば岡山のおじさんの世話にならずに帰ってほしいわ。こんな経験なかなかできないんだから」

ということを何度も言っていた。僕はどうとでもとれる生返事をするのが精一杯だった。

心の中では、

「おばさん、人ごとだと思って好き勝手言ってくれるよなぁ」

と思っていた。

そのあと、おばさんの息子さんの話になった。


おばさんには今年二〇歳になる息子がいる。

その子が中学に入るときに離婚して、女手一つで育てていたらしいが、身体を壊して仕事ができなくなってしまったことと子供の高校進学が重なってしまったそうだ。かなり悩んだらしいが、元の旦那《だんな》さんが親権を主張していたため、息子さんの将来のことを考え、子供を旦那さんが引き取り、おばさんは一人で暮らすことを決意したらしい。


僕が着ている服は、その息子さんが中学三年生のときに着ていたものらしい。

ジャージの丈から判断すると、小さなおばさんからは想像つかないほど、大きな中学生だったということだろう。旦那さんが大きな人だったのかなぁと僕はどうでもいいことを考えていた。

そんなことを笑いながら教えてくれたおばさんは、僕に話をしながら、きっと大きくなった息子さんを想像していたんだろう。

「お会いになっていないんですか?」

「そうね。それ以来一度もね」

「会いたがってると思いますよ。息子さん」

「そうかもしれないけどね、どんな理由があれ、子供を捨てた母親の私が会いたいなんて言い出せないものよ。ちょうど中学三年生って多感な時期でしょ。私のことを嫌いになってもらうしかなくってね、本心ではないことを言わなきゃならなかったのね」

「ウソをついたんですか?」

「そうよ。どうしても私と一緒にいたいって聞かないから、『私は一人がいいの。あなたと離れて自分の人生を生きたいの』って。そしたら、その日のうちに元亭主に自分で電話をして、迎えに来てもらって、……で、いなくなっちゃったわ。もうあともどりができない事態になっちゃったのね。今のあなたと同じね。今は静岡の元亭主の実家に住んでいるわ」

おばさんの表情は笑っていたが、目には涙が浮かんでいた。

「このTシャツは……」

「それはね、あの子の誕生プレゼントに買ったものなの。送ろうかなぁと思ってね。でも、送ることはできなかったわ」

「おばさん、もしかして毎年買ってるでしょ」

「そうね。でも、結局送ることはできないのね。あなたに偉そうなこと言えないわね。勇気がないのは、私のほうね」

「送りましょうよ」

「ダメよ。あの子が今、幸せなら、私が邪魔をするわけにはいかないでしょ」

「でも、待ってるかもしれませんよ」

「それを確かめるすべはもうないのよ。でもきっといつかは渡せる日がやってくると思うわ。あの子が自分から私に会いたいと思って来てくれる日がね。そのときを楽しみにしておくわ」

僕はそれ以上、何と言えばいいのかわからなくなった。

「……そうだ。おばさん、写真撮りましょうよ、一緒に。きっと一生の思い出になりますから」

僕は鞄の中からデジカメを取り出した。

「そうね。いいわね、それ」

僕たちは、とびきりの笑顔でフレームに収まった。

おばさんと並ぶように布団を敷いた僕は、疲れているはずなのに天上を見つめながらなかなか眠れなかった。天上の木目がおばさんと息子さん、二人の顔のように見えた。

おばさんの寝顔は、穏やかでなんだか小さい女の子のようにも見えた。こんなに穏やかな寝顔の人にもいろんな人生があるんだ。僕はとても複雑な思いを胸に、天上とおばさんの寝顔を交互に眺めていた。

二日目　偶然もしくは必然？

翌朝、僕が起きたとき、隣に布団はなかった。

「しまった」

おばさんは台所で忙しそうに動き回っている。

「おはようございます。僕、早起きしようと思ったんですけど……すいません」

「おっ、若者起きたね。昨日あんな話を私がしておいて、あなたよりもあとに起きるなんてかっこわるくてできないわよ。昨日はあまり寝られなかったかな？」

「いえ……大丈夫です」

「じゃあ、顔を洗ってらっしゃい。今すぐご飯ができるからね」

おばさんは嬉しそうに食卓に二人分の食事を用意していた。

僕の前にはさまざまなおかずが並んでいく。朝食にしては本当に豪華だ。

「これで最後」

そう言いながら、よそったご飯を僕の前に置くと、おばさんはエプロンを外し、自分もイスに座った。

「よし、食べよう！」

僕は、無言で小さくうなずくと、両手を合わせた。

「いただきます」

おばさんは、僕にというよりは、自分の息子のためにこうやって朝食をつくりたいのだろう。僕はその瞬間だけでもいい、おばさんの子供になってあげたいと思った。

「おばさん！」

「ん？」

「この、卵焼きおいしいです。僕のためにこんなに手の込んだものをつくってくれてありがとうございます」

お箸《はし》を止めていたおばさんがニコッと笑った。

「あなた、そんなことお母さんに言ったことないでしょ。それお母さんに言ってあげなきゃダメよ。あなたにご飯をつくる気持ちは、今日の私があなたにつくった気持ちと同じなんだからね」

僕は強くうなずいた。なぜだか涙が出てきた。

それを隠すように、僕は目の前に並んだものをむさぼり食った。

おばさんは自分のおかずまで僕に差し出して食べさせようとした。

僕は断り切れず、限界まで食べた。おばさんの息子の分まで食べようとしていた。

「そういえば、夕べ、お風呂とトイレの掃除もしてくれたんだね。ありがとう」

「いいえ、どちらも使わせていただいたついでにやっただけです」

「やってみてどうだった？」

「何もしないよりも、気持ち的に楽でした」

「そうでしょ。実は居候っていうのは、泊めてもらう側もストレスが大きいんだよ。だから、何かで誰かの役に立っているという実感がないと、楽しく過ごすことなんてできないんだ」

「わかります。自分が何かをお手伝いすることによって、ここにいることを楽しむことができるんですね。おばさん、昨日はそれを教えてくれようとしたんですね」

「あなた、今までそういうことやったことないでしょ。でもね、あなたにとって居心地のいい場所は、まわりの人があなたに何をしてくれるかによってじゃなくて、あなたがまわりの人のために何をするかによって決まるの。家も、学校も、職場も、全部同じね。そんなこと考えなくても、あなたがそこそこ幸せだったのは、あなたの家には、たとえあなたがどんな態度をとってもそれを毎日やってくれる人がいるからよ。そのことを忘れちゃダメね」

そのとおりだ。僕は家の手伝いなんてしたこともなかった。

ゴミ出しも、自分の部屋以外の掃除も、トイレも風呂も、食事の支度も、片づけも、すべて母親が当たり前のようにやってくれていた。それでも出て行けと言われなかったのは、そこが自分の家であり、親に対する甘えだったのだろう。自分の家以外の場所で通用するはずがない。

朝食を食べ終えると、ふうっと一息ついて、静かに目を閉じ、両手を顔の前で合わせた。

「ごちそうさまでした」

僕は今までの人生の中でいちばんありがたいと思った朝食を終えた。おなかはいっぱいだったが、今の気持ちのまま自分の母親の朝食が食べたいと思った。

目を開けると、そこには満足げに微笑むおばさんがいた。

そして、僕はおばさんに昨日から考えていたことを伝えた。

「おばさん。僕、今日おばさんの息子さんに会ってきます」

おばさんは僕と出会って初めてあわてふためいた表情を見せた。

★

僕は新宿駅のホームで中央線の電車を待っていた。

太陽は西に傾き、時計は五時を指している。

きっと今日は東京から出ることができないまま一日が終わるだろう。

旅に対する昨日のワクワク感は、自分でも情けないほどに消えてしまっていた。

駅のホームは人でいっぱいでそれだけで疲れがどっと出る。

せっかくおばさんに洗濯してもらったTシャツも、結局汗まみれになってしまった。

ようやく到着したオレンジ色の電車に押し込まれるように乗って僕は吉祥寺を目指

した。

僕の財布にはもう数十円しか残っていなかった。

おばさんの家を出た僕は、約二時間半かけて、川崎からおばさんの息子が住んでいるという静岡のとある町まで行った。教えてもらった住所を頼りに、おばさんの元旦《だん》那《な》さんの実家についたのは正午前だった。

僕は手におばさんから預かった腕時計を持って玄関先で待った。

前の晩、おばさんは毎年息子さんの誕生日にプレゼントを買っているが、結局これまで一度も渡せずにきたという話を聞いた。そして、今年は息子さんが成人になることを記念して、腕時計を買ったのだと言って見せてくれた。

「渡せるなんて思っていないのに、息子も成人だからと思うと真剣に選んでしまうものよ」

とビールを片手に時計を眺めていたおばさんが印象的だった。

僕はその瞬間に、これをおばさんのかわりに僕が渡してこようと決めた。

静岡なら、どうせ帰り道の途中だ。都合よく、一日乗り放題の切符はその日のうちに何度乗り降りしてもいいらしい。さっと渡してすぐに電車に乗れば、何とか岡山まで行くことはできるだろう。

おばさんは、はじめ何度も拒否していたが、強い拒否ではなかった。

「おばさんが何と言おうと僕は行くと決めたんです。それに、おばさんにお世話になったお礼に僕ができることをしてあげないと、僕の気がすまないんですよ」

結局、おばさんは、了解してくれた。

「じゃあ、お願いね」

なんて言葉は一切なかった。

しばらく考え込んでいる様子のおばさんは、くるりと背を向けると奥の部屋へと行き、メモ用紙に何かを書き込むと、戻ってきて無言でそれを僕に渡した。

そこには住所が書いてあった。

おばさんは、なんだか恥ずかしそうにしていた。

おばさんから、腕時計と一日分のおにぎりを受け取った僕は駅前のチケットショップが開くと同時に、「青春18きっぷ」を一枚購入して下り電車に飛び乗ったのだった。

ひっそりと静まりかえった家の玄関から出てきたのは、おじいさんであろうか、僕がイメージしていた人よりもはるかに年をとった老人だった。

「あの……谷雄太さんはこちらにいらっしゃいますか？」

その老人は、一瞬考え込むように僕の顔をじっと見つめてから、ゆっくりとたずねた。

「雄太のお友達かね？」

「いえ、あの……友達というか、田中昌美さんにお世話になって、あの、雄太さんにお渡ししたいものがあってうかがったんですが」

その老人は、小さい声で、

「昌美さんの……」

と言ったきり、無言で何度かうなずいていたが、思い出したかのように口を開いて、

「まあ、立ち話もあれじゃから、中に入りなさい。お茶でも淹《い》れましょう」

と言って、僕を招き入れた。

おばさんの息子さんは出かけているのだろうか、家の中はひっそりとしていて他に人がいる気配がなかった。

おじいさんは、ゆっくりと丁寧にお茶を淹れてくれた。

僕はできる限り早くここを出て、電車に乗り西へ向かいたい。腕時計に目をやった。

おじいさんが僕の前にお茶を持ってくるのを待てずに、台所で動いているおじいさんの背中に声をかけた。

「雄太さんは、帰りが遅いんですか？」

おじいさんは、僕の質問には答えず、自分の質問を返してきた。

「昌美さんは、今どこに住んでいるのかね」

「川崎です」

「ほう、じゃあ、あんたは川崎の人かな？」

「いえ、僕は熊本から来ました。東京に出てきて困っているところを偶然助けてもらって。お礼にというわけじゃないですが、おばさんが雄太さんの成人祝いにと買っておいたプレゼントを届ける役目をかってでたんです」

「ということは、これから熊本に帰るのかね」

「はい、ですから、できるだけ早くここを出たいのですが……」

「それはまた、大変な……」

おじいさんはようやくお茶を持ってきて僕の前に置いてくれた。

それから、ゆっくりと僕の目の前に腰かけた。僕は何となく嫌な予感がした。

「申し訳ないが、雄太はこの家にはおらんのだよ」

僕は、凍りついた。


おじいさんの話はこうだった。

雄太さんはお父さんと仲が悪かった。このあたりでは有名な進学校に入学したが、大学のことを考えて父親は無理やり勉強させようとした。そして、それを押しつけようとすればするほど雄太さんは家から遠ざかっていった。

結局、高校二年生の夏休みに彼は家を出て行ってしまったらしい。そのときにはもうお父さんも彼を大学に入れることをとうにあきらめていて、

「好きにしなさい」

と一言だけ言って見送ることもしなかったそうだ。

雄太さんは今、東京の吉祥寺で美容師として働いているらしい。

詳しい住所は知らないがお店の名前が「K」ということは、一度かかってきた電話

でおじいさんにだけは教えてくれたという。

「そんなわけだから、申し訳ないが、もう四年近くも会っていないんだよ」

「そうですか……」

僕は力なく呟《つぶや》いた。

「昌美さんから預かったプレゼントを、こちらで預かっていただけませんか？　そうしたら、いつかここに帰ってきたときに、雄太さんの手に渡るんじゃ……」

おじいさんは僕の話が終わらないうちから大きく首を横に振っていた。

「残念ながら、それはないじゃろう。雄太はここにいい思い出が一つもない。戻ってくるつもりはないはずじゃ。それに、あの子の父親に預けたら、捨ててしまうかもしれん。もちろん大事にとっておくかもしれん。どちらの反応になるかわからん。いつ来るかわからない日を待って私が預かるのは得策とは言えん。私が何年生きられるかもわからんからね。申し訳ないが、お若いの。おまえさんにそれを持って帰ってもらうしかなさそうじゃ」

僕は深々とお辞儀をして、その家から出た。

玄関で見送ってくれたおじいさんが、微笑みながら言った。

「昌美さんが、あんたに親切にしたのがよくわかる。あんたは雄太にそっくりじゃ」

僕はそのあとどうするかを考えながら駅までの道を歩いた。来た道と同じ道を歩いたはずだが、どこをどう歩いたか覚えていない。気づくともう駅の改札まで来ていた。

結局どうしていいかまだ決められなかった。

このまま西へ向かうか……。

それとも、おばさんの息子を探しに東京に戻るか……。


僕は時計を見た。

午後一時半を過ぎている。ぐずぐずしている暇はない。

すぐに決断しなければならなかった。

結局僕は上り電車に乗った。

来た道を引き返して、おばさんの息子さんを探しに行こうと思った。

この時間から西へ行っても泊まるあてはない。東京方面なら、おばさんの家にもう一度泊めてもらうこともできるかもしれない。

そう思って下した結論だった。


吉祥寺駅に到着して、まず交番を探した。

美容室「K」は思ったより簡単に見つかった。しかも駅から歩いて数分のところにあるらしい。僕は半ば駆け足に近い足取りでそこに向かいながら、胸の高鳴りを押さえることができなかった。

店の前に到着した僕は、ガラス越しに店の様子を見ていた。

順番待ちをしているお客さんが四人ほどいる。スタッフはここから見えるだけでも六人。もしかしたら奥にもいるのかもしれない。

僕は入口の扉を押し開けた。

「やっしゃっせぇー」

と聞こえた。それが「いらっしゃいませ」であるということに気づくのに数秒かかった。店の中はクーラーが効いていて体中の汗が一気に引くのがわかった。

一人の女性スタッフが僕のほうに手を差しのべた。鞄《かばん》を預かるという合図だ。

「ご予約のお客様ですか?」

「いえ、違います……」

「ただ今、当店大変混み合っておりまして、しばらくお待ちしていただくことになっちゃうんですけど……」

最後まで言いかけたその店員は目線を僕の坊主頭に移すと、僕が客ではないことに気がついた。

「っていうかどういったご用件ですか?」

「あの、こちらに谷雄太さんという方いらっしゃいますか?」

「谷ですか? はい、おりますけど……。でも今日はお休みなんですよ」

何だか、あらゆることがうまくいっていない気がした。

「ああ、そうですか」

僕は力なく、そう返事した。

「あの、どういったご用件ですか」

「雄太さんの、お母様から頼まれまして……」

僕の言葉が聞こえたのか、仕事をしているスタッフの中でも店長らしき人が手を止めて、こちらに歩いてきた。

「雄太のお母さんから頼まれたって、本当?」

「はい。本当です」

「ふうん……」

その人はハサミとクシを持ったまま手をあごに当ててちょっと考える仕草をした。

「じゃあ、ちょっと待っててくれるかな?」

「あ……はい……」

僕は、美容室の待合室で暮れゆく街を見ながら時間を過ごした。

昨日は気づかなかったが、熊本に比べて暗くなるのが早い。そういえば昨日寝ついたのは明け方で少し空が白んできている時間帯だったが、時計を見たとき相当早い時間だったのにびっくりした。

美容室の店内では、若い子が何人も働いている。

僕と同い年くらいの女の子がやってきた。

「何か好きな雑誌とかありますか？　適当に持ってきましたけど、好きなのあったら言ってくださいね。お茶、ここ置いておきますね。とっても冷たくなってますからおいしいですよ」

「ああ、……どうも……」

その子は、すぐに隣のお客さんをシャンプー台のほうへと案内して、楽しそうに会話をしながら、首の回りにタオルや美容室特有のビニールのマントを巻きつけている。

何だかカッコよく見えた。

僕は大学に進学するつもりだ。とはいえそのために勉強を始めているわけではない。中学や高校を卒業してすぐ働く人はかわいそうだと決めてかかっている自分がいた。だって、そうなると夏休みだってないし、今の自分なら通用する数々のわがままだって通らなくなるだろう。税金だって納めないといけない。ところが目の前で働いている彼らは、自分なんかよりもよっぽど自分の人生に責任を持って楽しそうに生きている。

大人だし、活き活きとしている。話しかけられてもろくに返事すらできない僕は、何だか自分だけが妙に子供のように思えて恥ずかしかった。

一時間ほど待ったところで、ようやく店長が声をかけてくれた。

「ごめん、ごめん。なかなか手が空かなくってさ」

僕は店の奥にあるスタッフルームに通された。

「で、雄太のお母さんから頼まれたって話だけど」

「はい。正確に言うと頼まれたというよりも、僕が勝手に志願したんですけど……」

「待って、君はじゃあ、雄太の弟か何かなの？」

「いや、そうじゃなく、まったくの他人なんですが……」

僕は、店長さんに一通り、ことの成り行きを説明することになった。


「へぇ？　そうなんだ。何だかおもしろいことになってるね、君」

「僕にとっては笑いごとじゃないんですけど」

「いやぁ、すげェいい経験だよ。明日は雄太も出勤するから、預かっといてあげようかとも思ったけど、そういうことなら、自分で渡したほうがよさそうだね」

「それは、困ります。今すぐにでも電車に乗って少しでも西に行っておかないと。切符が使えなくなってしまうので……」

「今から西に行って、どこに泊まるんだよ。今日は、俺の家に泊めてあげるから、明日自分の手で渡しな。今さら、多少西に行ったって、ここにいたって変わらないよ。それより、今晩泊まる場所のほうが先決問題だと思うけど」

僕はすっかり暗くなってしまった外を見た。今からでも、日付が変わるまでに静岡くらいまで行けるかもしれない。ただ、行ったところで、店長さんの言うとおり、泊まるところはない。

「自分で渡したくないのかい?」

ここまで来たら、今日の移動はあきらめよう。

静岡から引き返してきた時点で、こうなるような予感はあった。

「わかりました。お世話になります」

「じゃあ、店が終わるまで、ここで待ってなよ」

「ありがとうございます」

店長は、仕事に戻っていった。

その背中を見送った僕は、目線を部屋全体に向けた。

スタッフルームは雑然としていて掃除のしがいがあった。窓などは、もう何年も掃除してなさそうだ。僕は思わず微笑んだ。

僕は、見知らぬ場所での滞在を楽しむ方法を、おばさんから教わっておいてよかったとつくづく思った。何もしないで、ここで閉店まで待っていたら、今後のことをあれこれ考えて不安になっていたことだろう。自分でも情けない顔をしていたに違いない。

でも、今の僕はこの場所を楽しむ方法を知っていた。

ひたすら掃除をする。みんなに喜んでもらえるまでピカピカにやるのだ。

お店が忙しかったのか、途中スタッフルームに顔を出した人は一人もいなかったので、僕はたっぷり二時間弱、ひたすら掃除に打ち込むことができた。

時間を忘れて掃除をするのは、本当に楽しいことだ。こういう状況で心に安らぎを与えてくれるのが掃除だなんて思いもよらなかったが、事実、楽しくなってくるから不思議だった。今まで学校の掃除の時間だってまじめにやったこともない僕が、自分でも笑ってしまうくらい別人のように掃除を楽しんでいる。

店長をはじめお店のスタッフが、仕事を終えてスタッフルームに帰ってきたとき、僕は、雑巾を片手に、壁のヤニを落としていた。

「おまえ、何やってんの？」

「ああ、お仕事お疲れ様です。少しでもお役に立てればと思って、掃除をさせてもらいました。触っちゃいけなそうな物には触らなかったつもりです」

「へぇ、感心だね。何もかもピッカピカじゃない。この部屋がこんなにきれいになるんだね」

店長だけじゃなく、みんなが喜んでくれた。

自分が子供のように思えた先ほどとはうって変わって、自信に満ちた自分がそこにいた。

僕はどこでも生きていけそうだ。

この瞬間はそんな強気な自分がいた。

閉店後の店の掃除にも参加して、僕はいろんな人と仲よくなった。最初に僕に雑誌を持ってきてくれた女の子は、僕より三つも年上だった。

★

店長さんの家は吉祥寺から井の頭線で数駅のところのマンションだった。

「木原さん、おいくつなんですか？」

「俺？　三十二だよ」

「三十二歳で、自分のお店を持ってて、こんな立派なマンションに住んでて、スゴイですね」

「すごくないよ。お店は借金してつくったし、この家だって賃貸だよ。ハハハ」

木原さんは入口の鍵を開け、中に入るとすぐに、クローゼットからTシャツとハーフパンツを出してきた。

「これでいいかな。はいよ。これあげるよ。俺もさっとシャワー入るから、おまえもそのあと入りな。そしたら、外に何か食べに行こう」

木原さんが車で連れて行ってくれたのは、ラーメン屋だった。

木原さんの話では、テレビでよく取り上げられている有名な店らしいのだが、熊本ではそんな番組を見たことがない。

そのあと、せっかく東京に来たんだから、夜の東京をドライブしようということになった。

「おまえ、さっき俺がシャワーに入っている間に、シンクにたまっていた食器を洗っといてくれたでしょ」

「居候として、それくらいのことはしないと」

「ハハハ。おまえなら、どこに行っても泊めてもらえるよ。何より、その坊主頭がいいね。田舎の子っぽくてさ」

「ありがとうございます」

「俺もね、実は田舎から出てきたんだ。中学時代はそんな坊主頭してた」

「木原さんの田舎はどこですか?」

「俺の田舎? 石川だよ。たんぼばっかりの町が嫌でね。町から出るには大学に行くのが手っ取り早いだろうって思って、好きでもない勉強してさ。ようやく東京の三流大学に合格して、めでたく上京」

「じゃあ、大学卒業してから今の仕事を始めたんですか？」

「そうじゃない。大学は一年でやめちゃった。大学なんか行かずに遊び回ってたら、当たり前だけど、大学の外にばっかり友達ができて、大学には友達がいなくてさ。大学って場所は友達がいないと進級するのも大変なんだよ。おまえもそのうちわかる。で、外の友達っていうのがとにかく毎晩遊び歩いてる奴らばかりでしょ。学校なんか行かずにバイトして、稼いだお金で遊んで、そのうちそれじゃ足りなくなって、学費として送ってきたお金にまで手をつけて遊んでね。まあ、典型的なダメ学生だった。結局大学行く気もなくなって、学費も払えなくなったから、親に内緒で退学届出してね。見事に中退」

「バレなかったんですか？」

「お袋は全部知ってたよ。おやじには内緒にしていてくれたみたいだけど。バレないはずないのに、バレてないと思ってた。あとから聞いたら、学校に来てないとか、学費が納まっていないとか、退学届が出たっていうことは逐一実家に連絡されていたんだよ。知らないのは俺だけで、それから二年くらい大学行ってるふりして仕送りしてもらってさ。さすがに学費送ってくれって言うのは、気が引けるから、こっちで自分でバイトしてるから何とかする。とか偉そうなこと言ってごまかして、結局フリーターやって、遊びほうけていただけだった」

「お母さんは、ずっと黙ってたんですか」

「ああ、ずっと黙っていたよ」

「木原さんは、いつご両親が知ってるってわかったんですか？」

「大学やめて二年後だよ。お袋が病気で倒れて入院して、久し振りに実家に帰ったときに、おやじに聞かされた。お袋は、俺のことをどんなことがあっても信頼してくれていたんだって。だから何も言わなかった。いつか必ず自分から説明してくれるって、ずっと信じてくれていた。なのに、俺は裏切り続けていた」

「お母さんは……」

「大丈夫。ちゃんと生きてるよ。ただ、後遺症であまり上手に話したり、歩いたりすることができないけどね」

僕は、たくさんの背の高いマンションに灯《とも》る明かりを見ながら、自分の母親の笑顔を思い出した。

「今日、うちの店の雰囲気を見てどう思った？」

「なんだか、とてもみんな活き活きしていて、楽しそうでした。それに、みんな優しいというか、温かいというか」

「うちの店のモットーは『感謝』。すべてのことに感謝しながら働こうということになっている」

「そういうの、伝わってきました」

「お客様に感謝。出会いに感謝。仕事ができることに感謝。店の名前『K』はね、感謝のKでもあるんだ」

「木原のKかと思いました。すごく、いいお店ですね」

「親の気も知らないで、遊びほうけてた親不孝者の俺が、『感謝』なんて聞いてあきれるだろ。でも、他の誰に何を言われようとも、あのとき俺は変わると決めたんだ。信じて待っていてくれたお袋のためにもね。遅いかもしれないけど、俺にできるのはそれしかないと思った。そして美容学校に入って、今の世界に入ってきたんだ。今では、おやじもお袋も俺のことを認めてくれている。そういうこともあってね、うちのスタッフたちには両親を大切にするように常に言っているんだ。両親の誕生日は休みなんだぜ、うちの店。なかなかそういう職場ないでしょ。その日を使って、親に感謝を伝えたり、手紙を書いて渡しに行ったり、みんな思い思いに感謝を伝える日にしているんだ」

「僕は、自分の親には感謝してるんですけど、恥ずかしくてそんなことできそうにないですね」

「それは、みんな同じさ。美容師になろうと思って俺の店に集まるスタッフの多くは、若い頃やんちゃして親に迷惑かけてた奴らが多いんだよ。でも、そこで素直になる勇気がなければ仕事なんてできないんだぞってしっかり教え込むんだ。高校時代はそんな勇気なんてなくてもまだいい。でも、社会に出たらダメだ。自分の非を認めたり、素直に謝ったり、感謝したり、お礼を言ったりする勇気がない奴は幸せになんてなれねえよ」

「耳が痛いです……」

「この旅がいいきっかけだよ。ウソついてお袋さんに心配かけてるんだろ。今晩、お詫《わ》びと感謝の手紙の一つでも書いとけ。きっと、おまえのお袋さんは一生宝物のように持っててくれるだろうからさ」

「そうします」

「ハハハ、素直だね。多少心配かけたって大丈夫。その経験を通じて、今までより一回りも二回りも大きくなって帰ってくれば、きっとお袋さんも喜んでくれるさ。といっても、まあ、これは息子の側の勝手な理屈だけどね。

それにしてもまさかこんなところで、見知らぬにぃちゃんと車でドライブするとは思ってもみなかっただろ。ほら、左見てみろ。東京タワー」

夜の首都高速から見る東京タワーはテレビで見るよりも大きく、オレンジ色に光り輝いて見えた。まわりにもいろんな背の高さのビルが林立して、東京全体が建物の波のように大きくうねって見える。地面がどこにあるのかさえわからない。まさに、大都会だ。

「雄太はね、他の誰よりも仲間やお客さんから感謝されて、人の喜ぶことをするのが大好きなんだ。でも、こと両親のこととなるとまったく心を開かなかった。お父さんは向こうから会いたがらないから、『会ってやらないほうが親切だ』の一点張りだし、お母さんはいないとしか聞いてなかったからね。だから、おまえが雄太のお母さんからの預かり物を持ってきたって言ったとき、本当にびっくりしたよ」

「そうだったんですか。おばさんは雄太さんのことを忘れたことなんてないと思います。毎年誕生日にはプレゼントを買って、渡せずにそのまま持っているんです」

「きっと雄太も喜ぶと思うよ。あいつはきっと、お袋さんがどんな思いで雄太を父親に預けたか、わかっていると思うんだよ。だからこそ、お袋さんの幸せを思って、負担にならないように父親の元に行こうと決心したと思うんだ。でも、ウソだとわかっていても『自分一人で生きていきたい』と言ったのは、お袋さんのほうだろ。雄太のほうから会いに行ったりするわけにはいかないからね。ずっと連絡してくれるのを待っていたんじゃないのかな」

「おばさんは逆のことを言っていました。自分から手放した子供に自分から会いに行けるわけがないって」

「どうも、相手のことを思う気持ちが強すぎるってのも問題だね」

「そうですね……」

「そこへ、偶然にも愛のキューピッド、おまえが現れたわけだ。何だか偶然というより、はじめから決まっていた感じがするね」

僕は木原さんの言葉にハッとした。

僕に起こっている出来事は、すべて行き当たりばったりの偶然ばかりだと思っていた。

でも、離ればなれで生きている親子がいて、それがお互いすごく相手のことを思っていて、いつかは普通に会ったり、暮らしたりしたいとお互いが思っているとしたら、そのきっかけがどこかでやってくるのは偶然ではなく、必然なのかもしれない。ということは彼らにとって僕の訪れは必然？

その日、木原さんの家に戻った僕は、木原さんからレターセットをもらって、母親に手紙を書いた。これが届く頃、僕はどこにいるのだろう……。

三日目　冒険

翌朝、木原さんとお店に行った僕は、しばらく開いた口がふさがらなかった。

スラッとした長身。細身の革パンツに、タンクトップ。色白で彫りの深い顔。長髪にゆるーいパーマがかかっているイケメン。どれ一つとっても僕に似ている部分がない。

「おじいちゃん……」

思わず口から出そうになった。

ともかく、僕はおばさんの息子、雄太さんに会うことができた。

「僕、これをおばさんから頼まれてきました」

僕は、おばさんから預かった腕時計を雄太さんに渡した。

「これを……俺の母さんが……？」

「はい。おばさんは、雄太さんの誕生日に毎年、誕生プレゼントを買ってるんですけど、渡せないままずっとためているんです」

雄太さんはしばらく、受け取った箱を見つめたまま動かなかった。

僕は、一枚のメモを差し出した。

「あの……。これは僕からのお願いなんですけど、雄太さんからおばさんに会いに行ってあげてください。おばさんは今ここに住んでいます」

「俺には……自分からは……」

「雄太！　行けよ」

スタッフたちから声が上がった。

「今から行ってこい」

中の一人が僕を指さしながら言った。

「こいつなんて、全財産をなげうっておまえのために、ここに来てくれたんだぞ」

雄太さんはうつむいたまま、箱を両手で握りしめて動けなくなってしまった。

木原さんが雄太さんの肩に手をかけた。

「雄太。おまえの気持ちもわかる。でも、おまえだってお袋さんの気持ちがわかるだろ。毎年誕生日のプレゼントを買ってくれているお袋さんが、おまえに会いたくないわけがないだろ。どっちも自分には会いに行く資格なんてないって思っている。どっちも会いに行って嫌われたらどうしようって思っている。でも、どっちも会いたいと思っているんだ。そんなときに行動をするべきはどっちだ？」

「それは……それは……」

「そう、わかっているだろ。勇気のあるほうだ。このチャンスを逃したら、次はないかもしれないぞ。この坊主のためにも、今おまえが勇気を出すところじゃないのか」

しばらく考えたあとで、雄太さんは無言でうなずいた。

「よーし、今日は雄太お休みだ。今から行ってこい！」

「えっ、ちょっと待ってくださいよ。今からですか？」

「そうだよ。ハイハイ、ぐずぐずしない」

半ば押し出されるようにして、雄太さんは店の外に出された。

締め出しを食らって、一瞬モジモジしていたが、

「ありがとうございます」

と大きく一礼をしてから、雄太さんは走っていった。

顔を上げたときの雄太さんは笑顔だった。きっと会いに行ってくれるだろう。僕の脳裏におばさんの喜ぶ顔が浮かんだ。

雄太さんを見送った全員の視線は、今度は一斉に僕に向けられた。

「さて、今度はおまえの番だ。これからどうするつもりだ?」

★

僕は自転車を降りて、歩いて押し始めた。

自転車なんていつも乗っているから、どれだけ乗っていても疲れない自信があったが、さすがにこれだけの長時間乗るとヒザはガクガクだし、腰は痛いし、お尻もサドルにつけるだけで痛い。おまけに、この自転車ときたら、歩道と車道のちょっとした段差を上り下りする衝撃で、チェーンが外れる。ここに来るまでに四回もチェーンを直した。おかげで僕の手は油で真っ黒に汚れていた。みんなから「ピンクパンサー号」という愛称までもらっているこの自転車は、速そうな名前とは裏腹に、タイヤに空気がなく体力ばかりを消耗して一向に前に進まなかった。まったく、泣き出したい気分だ。

厚木に着くまでに、三〜四時間だろうと思っていた予想に反して、教えてもらった246という道路に出るまでに何度も道に迷ったこともあり、あたりが真っ暗になってから、ようやく川崎を越えて横浜に入った。そこまでですでに四時間かかっていた。暑い時間をさけたほうがいいと、出発の時間を遅くしたことを後悔した。

それからだいぶ時間がたつ。

僕は、空腹と疲労、筋肉痛と精神的なダメージのせいでフラフラになりながら、長くゆるやかな上り坂を自転車を押しながら登っていた。

後ろから自転車がやってくる気配を感じて、歩道のわきに身体を寄せた。

通り過ぎていくと思っていたその自転車は、僕の横で「キキー」というレトロなブレーキ音を響かせながらスピードを落とし急停止したかと思うと、車上の人が話しかけてきた。

「ちょっと、止まって」

僕は反応も鈍くその人のほうへと顔を向けた。そこにいたのは警察官だった。

（まずい！）

瞬間的に僕は、背筋を伸ばして動けなくなってしまった。

「ちゃんと、ライトつけなきゃだめだよ」

「あ、すいません…」

「っていうか、ライトはないの？」

「はい……すいません……」

その警察官は、明らかに挙動不審の坊主頭に当然のように質問した。

「この自転車、君の？」

「いえ……あの……借りている自転車です」

「誰に？」

「吉祥寺の美容師さんです」

「吉祥寺？　君、吉祥寺から来たの？」

「いえ……あの……僕は、今は吉祥寺から来たんですけど……」

「君、家はどこ？」

「熊本です」

「くまもと!?」

その警察官は、すべての質問に対してとんちんかんな答えを返す坊主頭の若者に対して、おかしくなったのか、笑って僕の顔をまじまじと見た。

「君、高校生？」

「はい……そうです」

僕は、相変わらず緊張したまま、恐る恐るその人の顔を見ていた。

「名前は？」

「秋月和也です」

「今は、どこに向かってるの？」

「厚木です。この自転車を貸してくれたのは、山本さんっていう人なんですが、その山本さんの実家にこの自転車を返しに行く途中です」

僕は、山本さんの家の住所が書いてある紙をその警察官に見せた。

警察官は懐中電灯を照らしながら、自転車の防犯登録の番号を見ていた。

「一応照会してみようか」

と独り言のようにいいながら、無線で何やら話をしている。

「どうして熊本の人が、吉祥寺の美容師の自転車に乗って厚木に行くの？」

「えっと、それはですね……話せば長くなるんですけど……」

「かまわないよ。ここじゃ通行の邪魔になるから交番に行こうか。すぐそこだから」

交番と聞いた瞬間に、きっと僕は引きつった笑い顔をしたんじゃないかと思う。

★

太田というその若い警察官は、はじめは調書のようなものを書こうとするそぶりを見せていたが、僕の話を聞くにしたがって黒い表紙のノートを閉じ、ときに笑ったりしながら、表情を崩して話に聞き入ってくれた。

途中、冷たいお茶を出してくれたり、お菓子を出してくれたりもした。

緊張していた僕は、警戒心をなかなか解くことができなかったが、疲労から来る空腹とのどの渇きを押さえることができず、出されるままに、すぐに口に放り込んでいった。

「ハハハ、よほど腹が減っているようだな」

そう言って笑っては、奥からお菓子を持ってきて足してくれた。

「なるほどね、つまりその吉祥寺の美容室Kに勤めている山本っていう若者が、自分の実家の厚木に長距離トラックの運転手が集まる有名なラーメン屋があるから、そこで乗せてもらえる人を探したらどうかという提案をして、もしそうするなら、自分の自転車を貸してやるから、それに乗って厚木まで行って、実家に置いといてくれればそれでいいという話になったんだな」

「そうです……」

「いやあ、それにしてもおもしろい経験をしているねぇ。今は、おもしろいなんて考える暇はないかもしれないけど、たぶん君の人生において一生忘れることができない経験を今しているのは間違いない。そんな経験の途中で出会えた僕もラッキーだなぁ」

「そうですか……?」

「そうだよ。だって、きっと君は僕のことを一生覚えているだろうからね。まあ、そんなことはどうでもいいけど、これからどうするかだ。予定どおり自転車を届けに行ってもいいけど……」

そう言いながら太田さんは時計をチラッと見た。一〇時を過ぎたところだ。

「今から、その住所の書かれている場所まで自転車を届けて、君の言うラーメン屋に行っても、そんなに手や顔が油で真っ黒で、全身汗まみれの若者を乗せて長時間ドライブしてくれる人を探すのも難しいだろう。それにその様子だと相当疲れているみたいだしね」

僕はガラスに映る自分の顔を見てみた。確かに油で真っ黒な顔をしている。無意識のうちに、自分の手は顔を触っていたようだ。

「実は、僕はもう今日の勤務を終えて今から帰るところなんだよ。もしよければうちに来るかい？　こうやって出会ったのも何かの縁だ。もちろん先に自転車を届けてからね。風呂に入って清潔にして、腹ごしらえをして、ちゃんと身体を休めてから、明日僕が、君を乗せてくれそうな人を一緒に探してあげよう。それでどうだい？」

「いいんですか……？」

「もちろん。でも、その前に、君にはしなければならないことが一つあるけどね」

「何ですか?」

「自分の家にちゃんと電話することだよ」

「わかりました。電話、お借りしてもよろしいですか?」

「もちろん。どうぞ」

太田は手のひらを差し出した。交番の電話はずいぶん古くて黒い電話機で、受話器がずしりと重かった。

母は、昨日電話をしなかったにもかかわらず、あまり心配をしていた様子もなく、

「で、今はどこにいるの?」

と半ばあきれるように聞いてきた。声の様子からすると機嫌は悪くなさそうだ。

「小田原の交番」

と言ったときには、さすがに驚いたようだったが、この後、太田さんという警察官の家に泊めてもらえることになったと言ったら、妙に安心したようだった。

★

山本さんの実家は、わかりにくい場所にあった。表札も出ていなかったので僕一人なら、迷ってそれだけでまた時間を費やしたに違いない。太田さんは、紙に書かれた住所を一度目にして、交番の壁に貼《は》ってある地図をチラッと見ただけなのに、迷いなく山本さんの家まで連れて行ってくれた。

さすが警察官だ。

その後、僕は、太田さんの家に行った。

四日目　四国へ

翌朝、前の日の疲れが残るかと心配だったが、幸いにも僕は太田さんよりも早く起きることができた。

一通り、考えられる場所の掃除を終え、一緒に朝食をとり、午前中は太田さんの趣味に付き合わされた。

筋トレだ。

太田さんの部屋には、ベンチプレスやダンベルが所狭しと並べられている。

「補助してくれる?」

と言われたときにはどうしていいのかわからなかったが、横になった太田さんの頭上に立ち、押し上げようとするバーベルを引き上げるのが僕の役割だ。

横になるや、バーベルの両脇から手のひらを使って距離を測り、グワッと握ったか

と思ったら、

「ふーし、ふーし、ふーし」

と奇声に近い呼吸を始めた。

僕は、だんだん速くなるその「ふーし」という、太田さんの身体からは想像もつかない裏声に思わず吹き出しそうになったが、その瞬間、太田さんは顔を真っ赤にしながらバーベルを押し上げた。僕は、あわてて力を入れて引き上げた。腰にくる。

そんなトレーニングを約一時間ばかり。

成り行きで、僕もやらされることになり、自分の非力さが恥ずかしくなった。

「トレーニングは毎日やってるんですか？」

「毎日じゃないよ。週に一回くらいじゃない……休むのは」

鼻をふくらませながらそう教えてくれたが、どうやらその答えが太田さんなりのギャグだったのかもしれないと気づいたのは数分たった後だった。太田さんは、おもしろいことを言おうとすると必ず鼻がふくらむ。

この日、太田さんは非番でお休み。

昼まで僕のこれまでの話をいろいろ聞いてもらったりした後で、車で出かけることになった。

太田さんの話では、厚木のラーメン屋よりも、高速道路のサービスエリアのほうが見つけやすいだろうということになり、僕たちは東名高速に乗って足柄サービスエリアを目指し、西へと向かった。

この旅が始まってはじめて、家に近づき始めた気がして僕の胸は高鳴っていった。


「それにしても和也君。君はいつも泊まった先々で、ああやって早起きして、玄関の掃除や風呂、トイレの掃除、食器洗いをやってるのかい？」

「タダで泊めてもらってるんですから、それくらいのことはしないと……と思って」

「へえ、よっぽどしつけられて育ったんだね。あんなことしてもらえるんだったら、いつまでもいてもらっていいって思っちゃうよな。君はどこに行っても生きていけるよ」

「ウソです」

「えっ……何が？」

「本当は、最初に泊めてもらったおばさんの家に行ったとき、ボーッと座って何もしてなかったんです。そしたら、そのおばさんに、そんなんじゃ立派な居候になれないぞって怒られて、それからするようになったんですよ」

「そうか。いやぁ、でもそれは本当にいいことを教わったと思うよ」

「僕もそう思います。最初は、やれって言われたから始めたんだけど、いざやってみると、病みつきになったというか、好きでやってる自分がいるんですよね。不思議だなぁ。苦痛じゃないというか、むしろ楽しくてドンドンやりたくなってくるんです」

「そうだね。いや、きっとそうだと思うよ。どうしてそうなるかわかる？」

「わからないです。自分でも本当に不思議なんですよ」

「それは君が人間だからだよ」

「人間だから……？」

「そう、人間だから」

「どうして、僕が人間だから、人の家の掃除が楽しくなるんですか？」

「人間はね、いや、人間だけがと言ってもいい、誰かの喜ぶ顔を見るために、自分のすべてを投げ出すことができるんだ。

もちろん、君はすべてを投げ出したわけじゃない。でも、君が泊まった家の主が喜ぶ姿を見ることで、君も幸せを感じることができたはずだよ。

人間は人が喜ぶことをしたときに、自分も同じ喜びを得ることができるんだ。だから進んで掃除をしてしまうんだ。現に、こうしたら喜んでくれるかなぁと思いながら掃除してただろ」

「そうですね。さっきも後で太田さんが知ったら喜んでくれるだろうなぁと思って、ニヤニヤしながらトイレを磨いてました」

「行く先々で、君が泊まる場所に苦労しないのは、逆のことが起こっているからだろうね。僕も熊本から出てきた少年が困っているのを見て、何かしてあげようと思ったのは、君が喜ぶことをしてあげられたときには、君以上に僕が嬉しいからだ。川崎のおばさんも、吉祥寺の美容師さんも同じだったと思う」

「そうなんですね。それでも僕、ちょっと意外でした。僕が人の喜ぶことをして自分が喜ぶような人間だなんて思ってもいなかったから……どちらかというと、自分のこと嫌な奴だと思っていたというか……人の喜ぶ姿を見てイライラしてる自分がいたし……」

「学校というのは、持つ必要のない劣等感を持たされる場所でもあるからね。他の人が何かを達成したとか、認められたという経験がそのまま、自分を否定されたような気持ちになりやすいんだろう。でも、実際はどんな人だって、誰かの喜ぶ顔を見たい、そのためなら何だってできるという一面を持っているんだ。それに気づいたら、その一面を大切にしたほうがいい」

僕は無言でうなずいた。

「それに……」

太田さんは意味深な笑みを浮かべていた。

「それに？」

「和也君。君、彼女とかいないだろ？」

「えっ！　……僕……」

僕はとっさの質問に動揺を隠すことができなかった。

「そういうことが自然にできる人は、もてる人だよ」

「そ……そんなもんですかね」

僕は彼女がいないということを言い当てられたことに対する焦りからか、少しふてくされた態度で窓の外を見た。

「本当だよ。信用していい。まあ、今の君はモテモテの素質十分だけどね。実家に帰ったら、好きな子に告白でもしてみれば？」

「好きな子なんていませんよ。別に……」

「ウソつくなよ。好きな子がいない奴なんていないよ」

「ホントにいませんから！」

「ハハハ、そうかい。わかった、わかった。でも、残念だな。もし告白する気があるなら、相手が絶対に和也のことが好きになる告白の仕方を伝授してやろうと思ったのに……」

「……」

僕はできる限り無関心を装った。

両側を山ではさまれた道路の前方には富士山が見えた。

「太田さんは、多くの人が喜ぶ顔が見たくて、人の役に立ちたくて警察官になったんですか？」

「そうだよ……って言えれば格好いいんだろうけど、残念ながらそうじゃない。

もちろん今はそういう気持ちで毎日人の役に立とうと思っているけどね。最初からそれをしたくて警察官になったわけじゃないんだ。

いつも人に聞かれるたびに、適当に答えてきたけど、君には本当のことを言わなきゃいけないね」

「本当のこと……ですか？」

「弱い自分が許せなくなったんだ。僕も君と変わらない。自分を守るためにウソをついたのがそもそもの始まりだった」

「ウソ……ですか？」

「中学一年のときに、小学校時代から仲がよかった友達二人と昼休みにグラウンドでサッカーをしていたんだ。普通、ボールは教室から持っていくんだけど、そのときはとりあえず外に出て何やるか決めようってことになった。ところが、外に出てみると、サッカー部の部室の扉が開いていて、ボールがたくさん置いてあったからそれを借りて使っていたんだ。他にも、そこからボールを持っていってる人がいたしね。

ところが、その人たちはサッカー部の部員だった。僕は違った。でも、そのことを深く考えたりもしなかった。ただ、早く遊びたい一心でね。

僕たちは三人でドリブルをしたり、ボールの取り合いをしたり、じゃれ合っていたんだ。そのうち、僕以外の二人が一対一の取り合いで競り合った際に、どっちかの足に当たってボールが大きくはじかれたんだ。

そのボールを二人が競うように追いかけた瞬間だったよ。

一人の友達が横から思いっきり殴られたんだ。何の前ぶれもなしにね。僕は少し離れたところにいたけど、驚きで立ち止まったまま動けなくなってしまった」

「サッカー部の先輩ですか？」

「そのとおり。しかもメチャメチャ怖い先輩だった。運が悪いことに僕が選んだボールは、他のボールとは違って公式戦で使う高価な革を使ったボールだったらしい。大人と子供ほども体格差のあるその先輩は『おめえが使っていいボールじゃねえだろ！』って言いながら、倒れているその友達の胸ぐらをつかんで立ち上がらせては投げ飛ばし、横になっているところを足で三回ほど思いっきりけりつけた。一緒にボールを追っていたもう一人の友達は、ブルブル震えてただそれを見ているだけだったけど、その先輩の視線が、今度はそっちに向いたんだ。そいつは、ただ、『ごめんなさい、ごめんなさい』とくり返して逃げ腰になっておびえていたけど、その先輩はきっちり同じことを同じ回数だけやった」

「太田さんは……」

「そう、問題は僕だ。僕がそのとき助けに入っていれば、そのボールを選んだのは僕ですって正直に言うことができれば、僕は自信満々に生きていくことができただろうね。でもそれができなかった。少し離れたところで、恐れながらそれを見つめて立ちつくすことしかできなかったんだ。いや、それだけならいい。運悪くというか、その先輩は、僕の視線を感じたんだろうね、二人の一年生を投げ飛ばして打ちすえた後、まわりを見回して、仲間がいないか探したんだ。そして、僕と目が合った。その瞬間『てめえもか！』と大声で吼《ほ》えた」

「うわぁ、絶体絶命ですね」

「そう、僕もそう思った。そして、とっさに僕は首を横にプルプルと振ってしまったんだ」

「それは……」

僕は複雑な気持ちになった。ひどい出来事だ。もし自分が同じ立場なら、きっと太田さんと同じになったことだろう。でも、その友達の立場なら太田さんを許すことはできないに違いない。

「先輩はボールを拾い上げて、その場を去っていったけど、ボロ雑巾のようにグラウンドにうなだれて泣いている二人の目が、しっかりとそのときの僕を見ていた。僕は、二人に近づくことができずに立ちつくしていたんだ。やがて二人はお互いに『大丈夫か？』と声をかけ合いながら立ち上がり、悔し涙を流しながら教室に帰っていった」

太田さんは運転をしながらどこか遠くを見ているような顔をしていた。

「あのときのことは今でもはっきりと覚えている。僕は自分の弱さが嫌になった。どうして勇気が持てなかったんだろうと何度も後悔した。

もちろん、二人との友達関係も終わった。それどころか、学年中で僕は卑怯者《ひきょうもの》という扱いを受けることになった。これは本当につらいことだったけど、反論することすらできなかった。

それから、僕は身体を鍛えるようになった。身体を鍛えたら自分に自信がつくんじゃないかと思ってね。空手や柔道も習い始めた。強くなりたい一心で。そして、警察官になろうと決めたんだ。それは、誰かの役に立ちたいからというよりは、情けない自分を許すことができるのは、この仕事しかないと思ったんだね。警察官はそういう場所に勇気を持って入っていくのが仕事だと子供ながらに思ったんだね」

「太田さんは、勇気がありますよ。僕が同じ立場になったら、苦しいかもしれないけど自分を強くしようと立ち上がることができたかどうかは自信ないです」

「ただね、強くならなければ勇気が湧いてこないと思って、身体を鍛えたり、空手や柔道をやったりしたけど、勇気を出すために本当に必要だったのは強さじゃなかったんだ」

「どういうことですか?」

「勇気を出すために必要だったのは、愛情だよ」

「愛情……ですか?」

「そう、愛情。相手に興味を持つこと。人間そのものを愛する心を持つこと。これがなければ一歩を踏み出す勇気が湧いてこない。

君もそのうちわかるだろう。

さっき言っただろ、人間は人が喜ぶ顔を見るためだったら、お金なんてもらえなくても進んでいろんなことができるんだよ。相手が自分の愛する人ならなおのことさ。大好きな人の喜ぶ顔を見るためなら、人間はどんなことだって頑張れるようにできているんだ」

「太田さん。大好きな人がいるんですね」

「ん？　いや……まあ、そうだな。来月結婚するんだよ」

「ええ！　そうなんですか。おめでとうございます」

「ありがとう。おっ、足柄のサービスエリアまであと二キロだ。もう着くよ」

「太田さん。その前に一つ聞きたいんですけど」

「何？」

「相手が絶対僕のことを好きになる告白の仕方……」

「何だよ。やっぱり気になってるんじゃないか。ハハハ」

ここで聞き逃したら一生後悔するかもしれないと思った。

★

サービスエリアに着くと、太田さんは、「一緒に探そうか？」と言ってくれた。

僕は、

「大丈夫です。一人でやってみます」

とかっこつけた。せっかくここまで来たんだから、どうせなら自分の力で何とかして帰ろう。そんな気持ちが強かった。

「中でコーヒーを飲んでいるから乗せてくれる人がいたら教えてくれ」と言って、太田さんはレストランの中へと消えていった。誰も乗せてくれなければ、一緒に太田さんの家に帰って作戦変更だ。

僕は、大きなトラックから降りてくる人を見ていた。

トラックに書かれている文字やナンバーでだいたい行き先はわかる。できるかぎり九州に向かうトラックに乗せてもらえるのがいいが、なかなか九州方面のトラックを見つけることができなかった。観光バスは多いが、この時間はあまりトラックが動かない時間なのかもしれない。

「とりあえず、ここから西ならどこでもいい。連れて行ってくれる人を探そう」

僕は、いきなり九州までという贅沢《ぜいたく》な考え方を捨てて、片っ端から声をかけていくことにした。

トラックに近づいてみると、その大きさに圧倒された。

エンジンがかかったままの車もあるが、中で仮眠をとっているのだろうか、出てくる様子がない車がほとんどだ。

ようやく僕に気づいてくれた人がいたが、パンチパーマに口ひげ、いかにもヤバそうなサングラスをかけている。僕は、声をかける勇気を失い、会釈だけして足早に立ち去った。

たとえ遠くまで連れて行ってくれるとしても、あんな怖い人はゴメンだ。

車の中で二人きりでどんな話をしたらいいのか……いや、会話があるならまだいい。ずっと無言でいられたらかなわない。もっと、人当たりのよさそうな人を探そう。

次のトラックの運転席をのぞき込んでいる瞬間だった。

「おう、兄ちゃん。何してんねん」

ふり返った僕の目に映ったのは、さっきのパンチパーマの人よりも迫力がある、スキンヘッドのおじさんだった。あごひげに威圧感がある。肩からタオルをかけて手には桶《おけ》に入ったシャンプーなどのお風呂セットを持っていた。

「ぼ、僕ですか？」

「おう、他に誰もおれへんやろ」

「僕、あの、どこまででもかまわないんで、僕を一緒に乗せてくれる方を探しているんです」

「兄ちゃん、高校生か?」

「はい……」

「どこまで、行きたいんや?」

「ここから西なら、どこまででもかまいません」

「兄ちゃん、どっから来た?」

「僕は、熊本です」

「来い」

「へっ?」

「乗せちゃる。早よ来い」

「えっ……あの……」

「早よせえ、坊主。乗るんか? 乗らんのか?」

「乗ります。ありがとうございます。でも、ちょっと待ってもらってもいいですか?

あの、ここまで乗せてきてくださった方が、あそこで待ってるんで、あいさつだけしてきたいんです」

「五分待ってやる。ここから四つ目のあのトラックな。わかるか？」

「わかります。すぐ行きます」

僕は走って、太田さんのところに行って、お礼を言った。

太田さんは、手を差し出してくれた。僕はできるかぎりの感謝の思いを込めて太田さんの手を握り返した。

「また、必ず会おう！」

「はい、絶対に」

僕は、ふり向いて走った。涙が出そうで、後ろをふり返ることはできなかった。

たくさんの素晴らしい出会いと、そして別れ。

みんな僕にとても親切にしてくれた、それだけじゃなく、僕はみんなからとても大切なことを教わり続けている。

でも、何もできないままさよならをしなければならない。

そんな思いが僕の涙腺をゆるめる。

でも、駐車場を走るにしたがって、そんな思いはだんだん消えていった。

感傷に浸る暇もなく、また新しい出会いがそこにはある。

今の僕には、前を見ることのほうが大切だ。


おじさんのトラックは愛媛ナンバーだった。

「お待たせしました」

「おう、上がってこいや」

僕は大型トラックの助手席というものに初めて座った。とても高くて、見える景色が普通の車とは全然違う。なんだか自分が偉くなった気がして、ワクワクした。

「眺めがええやろ」

「はい。なんだかワクワクします」

「まあ、最初だけやけどな。もう行くぞ」

「はい、あの、お名前は……」

「柳下」

「柳下さん。よろしくお願いします」

「ガッハッハッハッ。そう、固くなるな。わしはこれから松山まで行かなあかん。話し相手がおったほうが退屈せんでええ。おまえが降りたければいつでも言えよ。大阪でも、松山でも、その途中でもええぞ」

「ありがとうございます」

見た目の迫力とは裏腹に、柳下さんはとても気さくで優しい人だった。

一見、怖そうな話し方にもすぐに慣れていった。

どんどん西へ車は進む。

僕の心もどんどん明るくなっていった。

★

「おまえも、あほやなぁ。そのどうでもええプライドをなんとかせんと、これからも不自由な生き方をせなあかんぞ。自分でつくったネズミのかぶりもんと一緒に撮った、明らかな合成写真を持っていって、笑いをとるぐらいの根性見せたらんかい、男なら」

「笑いをとる……ですか」

「そうや。おまえ、自分のウソをチャラにするために、わざわざディズニーランドにまで行って、あんなところ一人で行っても何もおもろないのに、写真だけ撮って帰ってどうすんねん。おまえは自分のことしか考えてないやないか。

それを見せる瞬間のことを考えてみいや。

おまえも、嬉しそうに出すわけでもない。それをおまえに問いつめた友達のメンツはつぶす。見ている奴らはどっちらけや。何の笑いも、感動もない。おまけに、それを見ている奴らが心の中で何を考えてるか想像してみろ。『あの後一人でディズニーランド行ったらしいで』って誰かにばらされたら最悪や。でも、その可能性は高いやろ。

誰も得せん。おまえも、問いつめた友達も、まわりで見ている奴らもみんなつまらん。

せやけど、おまえがそれを笑いに変えてみぃ。そのへんの雑誌から切り抜いた何かと自分の顔写真かなんかをノリでひっつけて、自作の怪しいかぶりもんしてるおまえの写真を堂々と見せたれよ。

損する奴が誰もおらんやないか。おまえもオモロイ奴やってことになる。おまえを問いつめた友達のメンツもつぶさずすむ。まわりの友達も笑って終わりや。おまえだけが助かろうと思うから、わけがわからんことになる。ウソついたってかまん。でも、他の奴をやりこめたり、自分のメンツを保ったりするためだけにウソをつくような、かっこわるいことするな。それよりみんなが笑えるようにするためにはどうしたらええか考えるべきやろ」

柳下さんの言っていることはもっともだった。

僕は自分のメンツのことばかりを考えていた。

僕を問いつめた史弥のことまで考えてやれというおじさんの言葉を聞いたあとで、僕のとった行動をふり返ってみると、何とも人間的にちっちゃい奴の考えそうなことに思えてくる。

「柳下さんの言うとおりです。そうすべきでした。僕、そんなこと考えもしなかったから……自分のメンツを守ることに精一杯で、そうすることによって、他の人のメンツをつぶすのも平気だと思っていたというか……何も考えていなかったというか……。でも、柳下さんの話を聞いて、僕、ちっちゃい人間だなぁって、かっこわるいなぁって、ちょっと恥ずかしくなりました。柳下さん、かっこいいです」

「ちょっと待て、おまえ、それ録音するから、もう一回言うてくれ。帰って母ちゃんに聞かす」

柳下さんは、携帯電話で録音するそぶりを見せた。

僕はためらいつつ、もう一度言った。

「柳下さん、かっこいいです！」

「おお、せっかくやからおまえ、今日は一五分に一回はそれを言え」

柳下さんは、冗談とも本気ともとれるまじめな顔でそう言った。僕はまじめに「わかりました」と答えた。

柳下さんはチラッとこちらを見ながら言った。

「兄ちゃん、固いなぁ。もっと楽しく、自由に生きな、つまらんぞ人生は」

「楽しく、自由に……はい……わかりました」

「まあ、ええわ。兄ちゃん、じゃあ将来の夢はあんのか？」

「夢ですか……今のところまだないんですけど……」

「ほな、高校卒業したらどうすんねん」

「高校卒業したら大学に行って、そこで自分のやりたいことを見つけて、就職することになるのかなぁと思っています。漠然とですが……」

「じゃあ、おまえの考えるこれからのベストの人生は？」

「わからないけど、レベルの高い大学に行って、安定して、給料もたくさんもらえる大きな企業に就職できるのがベストですかね……」

「あ〜〜もう、ええ。もうええわ。ほんまにおまえみたいな若者ばっかりかと思うと、この国も先が思いやられる。おまえみたいなアホは、これでもつけとけ」

柳下さんはダッシュボードのポケットに手を伸ばすと、メガネをおもむろにつかみ取り僕の膝元《ひざもと》に投げつけた。

「メガネですか……？」

「そうじゃボケ！　早よつけろ」

「あの……僕、目は悪くないんですけど」

「うるさい！　つけろ言うたらつけろ。最近の奴らは理由がわからんと行動したがらんってのはホンマやな。昔はなぁ、先輩がつけろ言うたら、一も二もなくつけるのが当たり前やったのに、今じゃ、いちいち理由を聞きよる」

僕はあわててそのメガネをかけた。

「すいません……あの、つけました」

「しばらく、そうしてろ」

「は……はい……」

こうなったら、理由を聞くわけにもいかず、僕は柳下さんの差し出したメガネをかけたままじっとしてた。どうして僕みたいなアホは、このメガネをかけなければならないのかさっぱりわからないまま、車だけが心地よい揺れとともに動いている。

柳下さんは、それっきり黙ってしまった。

僕はメガネを取ることもできず、何かを話すタイミングもなくし、ただ、助手席から見える景色を眺めていた。

助手席のサイドミラーに僕の顔が映った。

思わず笑ってしまいそうなほどに、黒縁のメガネが似合わない。それに……。

「あの……柳下さん。そろそろメガネ外してもいいですか。僕……」

「あかん！　おまえみたいなアホは、自分がアホやとわかるまでそうしてろ！」

「でも……僕、ちょっと気持ち悪くなってきたんですけど……」

「知るか、ボケ！」

柳下さんは、僕のことなんかおかまいなしに、車を走らせ続けた。

僕は、度の合わないメガネをかけたまま、車に揺られて、あっという間に気持ち悪くなり、今にも吐きそうになるのをこらえることばかりに気をとられるようになった。

柳下さんは、そんな僕の様子を見てか、とっさにウィンカーを左に出し、パーキングエリアに車を入れた。

「顔でも洗てこい」

言われるままに僕はトラックを降り、トイレの洗面台に行った。

顔を洗い、正面を見ると、真っ青な顔をした自分がそこにいた。

「とんでもない人と一緒になったなぁ」

柳下さんは、おもしろいおじさんかと思えば、急に変なことを真剣に要求してくる。

何だかつかみどころがない人だ。

僕はため息をつくと、気持ちを入れ直してトラックのほうへと戻った。

帰ってきた僕の顔を見て、柳下さんは首を横に振りながら苦い顔をした。

僕は、自分が何かをしてしまったのかもしれないと思いどぎまぎしたが、思い当たる節がない。仕方なく、

「あの……顔を洗ってきました」

とだけ言った。

「わかった。もうええから上がってこい」

柳下さんは少し苦笑いを浮かべながらそう言った。

「失礼します」

僕は言われるままに助手席に登った。

「車を出す前に、一つおまえに聞きたいことがある。何でまだ、そのメガネをかけとるんや?」

「えっ、だって、これは柳下さんがつけとけと言ったから……」

「言うたから何や!」

「言ったから……」

僕は、心の中でこの人はめちゃくちゃだと思って、何も言えなくなった。何を言っても無駄な気がした。僕は心の中で、半分怒りに震えながら、怒られた子供のように肩をすぼめてメガネを外した。

その瞬間、柳下さんは今までとはうってかわって優しい表情になり、話し始めた。

「なあ、兄弟。誰が何と言おうと、おまえの人生はおまえのもんや。誰かがやれと言うたからやる。やるなと言うたからやらん。そういう生き方をして、おまえは、自分の人生の責任をちゃんと自分でとる自信はあんのか？

自分の決断に責任を持たない生き方は、まわりの大人によってつくられる。

おまえはきっと学校では優秀なんやろう。

先生がやれと言ったらやる。やるなと言ったらやらん。心の中ではこのおっさんの言うことはおかしいと思いながらも、従う理由は何か。

恐怖か。それとも、打算か。

怒られるのが怖いのか、それとも、反抗して成績が下がったり、嫌われたりすると大学に行けなくなるから言うことを聞くんか。まあ、どっちかやろ。

今の場合もどちらかだったはずや。いや、もう、そういう習慣になっていて、何も考えずに、盲目的に言われたとおりにしただけかもしれん。でも、元々の思考回路は、このおっさん怒ったら怖そう、という感情か、言うこと聞かずにこの場で降ろされたらどうしよう、という打算や。

ええか、そんな生き方はするんやないで、兄弟。

先生だろうが、怖そうなおっさんだろうが、理不尽なこと言われたら断れ」

「でも、昔は先輩がやれと言ったら、理由を聞かずにやったと言ったのも柳下さんじゃないですか」

僕はほとんど泣き出しそうになりながら強い口調でそう言った。

「ああ、そう言うた。自分が心から尊敬する先輩に対しては、やれと言われたら、理由がわかるまでとことんやり尽くすだけの覚悟があった。ただ、尊敬も何もしていない相手にやれと言われて、その理由も考えずに、盲目的にそれに従うことなんてワシはせんかった。今のおまえはどうやった？　ワシのことを尊敬していたから、どうしてメガネをかけ続けなければならんのか、ひたすら考えて答えを出そうとしたか？　答えはNOや。やれと言われたからやった。ただ単にそれだけやろ。

ええか、兄弟。おまえの人生はおまえのもの。すべておまえの責任で起こる。相手が大人だろうが、先生だろうが、言いなりになって何かを手に入れようなんて思ったところで、おまえはおまえらしさを失う。そして、それによって起こることを自分のせいじゃなく、他人のせいにして生きる。わかるか？

たとえば、あのままメガネをかけ続けて車に乗ってたら、そのうちおまえはゲーゲー吐きよる。そのとき誰のせいやと思う。そう、ワシのせいにするやろ。でも、メガネを取るなと言われて取らんかったんはおまえや。それを決めたのはおまえなんやで。

一方で、ワシの言いつけに背いて、すぐにメガネを取ったとする。最悪の事態としては、その場でワシに車から降ろされる。そして別の車を探す羽目になるやろう。そのとき誰のせいでそうなったと思う？　きっと自分の決断が間違っていたと素直に認めるやろ。足柄であのおっさんに決めた自分が間違っとった。メガネを取った自分のせいやって。わかるか？」

「……」

僕は、何となく柳下さんが言おうとしていることがわかってきた。無言で小さくうなずいた。

「ワシはおまえにメチャクチャなことを言うた。おまえはメチャクチャやなぁと思いながら、自分で何も考えずに、言われたとおりに従った。それが悪いのかと思うかもしれん。

でもな、学校の先生が言うてることもみんなメチャクチャや。一歩社会に出ても、メチャクチャなことしか言わん上司だっておる。おまえは自分の物差しを持って、自分で考える人間になれよ。自分の人生を他の奴のメチャクチャな命令にメチャクチャにされるなよ。

自分の決断に責任を持つためにも、誰に何と言われても、これだけは言うことを聞けんという強さを持てよ。ワシが言いたいのはそういうことや。わかるか？」

僕は、自分の弱さをズバリ指摘された。

まさに柳下さんの言うとおりだ。今までの学校生活でいつの間にかそういう癖がついてしまったんだろう。一方的になされる命令に従うだけの人間になっている自分がいた。それが命令であるという理由だけで、別段考えもせずに。しかも、どうして、それに従っているのかといえば、柳下さんの言うとおり、恐怖か打算に他ならなかった。

「柳下さん。あの……ありがとうございます。わかりました。僕、柳下さんのことメチャクチャなおっさんだと思ってたけど、メチャクチャなのは僕のほうだったのかもしれません。言われたとおりすると決めたのは自分なんですね。自分で決めたことなんだから、自分で責任を持たなきゃいけませんよね」

「兄弟、わかってきたな。そうや。メチャクチャなのは、そんなのおかしいという命令を何の疑いもなく、やれって言われたからって理由だけで従って生きてる奴のほうや。上司に売れって言われたから、身体によくないとか考えないで売る。環境にいいとか悪いとか考えないで売る。そうやって責任逃れして生きてる奴のほうがメチャクチャや」

僕は自分の生き方を責任逃れの生き方だなんて考えたこともなかった。

でも、実際に誰かに強く言われると断れない。自分ではおかしいと思いながらも、従うしかないというのは、誰かのせいではないのかもしれない。そうしようと決めているのは自分なのだから。それには従わないと決めて生きることだってできるはずなのだ。

「よし、ほな行こか」

柳下さんは、ふたたび車を走らせ始めた。

僕がトイレで顔を洗っている間に、飲み物を買っておいてくれたらしく、

「これで、酔いでも覚ませ」

といって僕に投げてくれた。

「ありがとうございます」

「おう！　遠慮すんな」

柳下さんは、ラジオのスイッチを入れた。演歌が流れてきた。

「やっぱり、日本人は演歌やなぁ、兄弟」

僕は、苦笑いをするしかなかった。

窓の外の景色を眺めながら、僕は、柳下さんに教わったことを考えていた。

今まで、

「言うことを聞きなさい！」

ということで大人に怒られたことは何度もあったが、

「言うことを聞くんじゃない！」

ということで怒られたのは初めてだ。

メチャクチャな教育だけど、これを教えてくれる大人って大切な存在なのかもしれないと何となく感じた。

「柳下さんて、お子さんいらっしゃるんですか？」

「おう、もう三〇近い娘が一人おる」

「そうなんですか。娘さんは、幸せですね」

「何でそう思う？」

「だって、僕、大人から、『言うこと聞け』って怒られたことはあったけど、『言うこと聞くな』って怒られたことなかったですもん。そんなこと教えてくれるお父さん、最高ですよ」

「おまえに初めて言うた」

「えっ？」

「娘には言うたことない」

「そうなんですか？」

「ああ、おかげで娘は出て行った。

ワシは、娘がやりたいと思うことはやらせてやりたい思て、面倒なことは言わずに育ててきた。せやけど、人生を決めるような大事な選択をせなあかんときがあるやろ。そういうときには、娘のやりたいことに反対した。

さっきのおまえに対してと同じことをしたんや。そしたら、娘は自分のやりたいことをあきらめるようになった。そのあとも、大切なことは娘に反対した。ワシに反対されたくらいでやめることなら最初からやめたほうがええ。

去年、一緒になりたい奴がおると、娘が一人の男を連れてきた。

ワシは、こんな奴におまえを一生幸せにできるはずがない、やめろ！　と話も聞かずに怒鳴り倒した。娘は家を出てったよ。

ようやく、ワシの言うことを聞かずに、自分のことを自分で決めることができたんや」

「本当に、そう思ったんですか？」

「その若者は、ええ奴や。娘にはもったいないくらい。今でも、ワシのところに毎月、手紙をよこして二人のことを認めてくれと連絡してくる。そろそろ認めてやってもええ頃かなぁって思とるのが本音や」

「柳下さんも素直じゃないんですね」

「おまえがワシにそんなこと言うのは、一〇〇万年早いで。ハハハ……」

「でも、本当は認めてもいいと思っているのに、そんなウソついて、娘さんに嫌われちゃいますよ」

「ワシはなぁ、娘に好かれたいんやのうて、幸せになってもらいたいだけや。わかる？　兄弟」

僕には、そのときの柳下さんはとてつもなく格好よく見えた。

好かれたいんじゃない、幸せになってもらいたい。

そう思えるほど愛する人のために、この人は生きているんだ。

「ところで、兄弟。おまえまだ、ワシがどうしてメガネしとけって言うたかわかってないやろ」

「えっ、何でも盲目的に言うことを聞くんじゃないということを教えるためじゃないんですか……？」

「おまえねぇ、ワシをそのへんの意地悪なアホ上司と一緒にしたらあかんで。それじゃ、ただの自己顕示欲の強いおっさんや。ちゃんとおまえに教えたいことがあるからメガネをかけさせた。メチャクチャ言うたんとは違うで」

「そうなんですか……いや、まったくわかってないです」

「しょうがない、教えたろ。簡単なことや。他人のメガネをかけて世の中を見てると、世の中なんてつらいことを我慢するだけになるってことを、おまえに教えてやったんや。わかるか、ボケ！」

「他人のメガネ……ですか？」

「そうよ。一人ひとりには、そいつに合ったメガネがある。それを他人のメガネをかけて世の中を見るとどうなるかわかったやろ」
「すぐ、気持ち悪くなって、外なんて見ていられませんでした」
「そうやって、他人のメガネをかけて世の中を見ている奴に限って、この世は生きにくいとか、苦労が多いとか、いいことがないとか、平気で口にする。ワシに言わせりゃ当たり前じゃ、そんなもん。いつまで他人のメガネで世の中を見てんねんって言いたい。

おまえも同じや。

何が幸せかなんて、誰かがどこかで言うたものとか、テレビとかの情報を頼りに決めるアホがどこにおる。そんなん全部他人のメガネじゃ。

そのままやと、おまえ、さっきみたいに世の中を見るだけでクラクラして気持ち悪うなる日がやってくるで。もっと、ちゃんと自分がやりたいこととか、自分にとって幸せとは何かを考えろ。

わけもわからず、他の人が幸せやと言うてるものを追い求めたり、他人が持ってるものを手に入れようとするんが人生やないで。

そんなくだらんことに人生を費やすためにおまえは生まれてきたんやない。

他人のメガネはほっとけ。

人が何と言おうと、自分がやりたいことは何かを真剣に考えろ。

他の誰でもない、おまえの人生やろ。わかるか、兄弟」

僕は素直に感動した。

確かに僕の考えていた理想の将来像は、自分の内側から出てきたものではなかった。

大学も自分がどうしても行きたい場所ではないし、就職のことだってよくわからないけど、名のある大きな会社に入ったほうが、成功している人のような気がしたし、人にも自慢できるんじゃないか……いや、正直なところ、そんなことすら考えていなかった。

ただ、わけもわからず、だって、それが幸せな人生なんでしょ、といつの間にか誰かに刷り込まれた考え方に従おうとしていたのかもしれない。

僕は、生まれて初めて、心の中にかけ続けてきた、他人のメガネを外したのかもしれない。

自分の将来に対する見通しが、明るく開けているように感じることができた。

今までにはない感覚だ。

「自分の人生だ、自分の価値観で、好きなように生きていいんだ」

そんな簡単なことなのに、どうして気がつかなかったのか。いつも誰かの目を気にしたり、誰かが、かっこいいと思う洋服を着ていなければならない気がしていた。誰かがダサイと言いそうな洋服は、自分の着たい洋服でも着ない人生を送ってきたのだ。

そうだ、そのほうがかっこわるいことなんだ。

僕は柳下さんのほうを見た。

鼻歌を歌いながら、陽気に車を運転する柳下さんがとてつもなく格好よく見えた。

「柳下さん。ありがとうございます。僕、今まで他人のメガネをかけたままで生きていたみたいです。そのことがわかりました」

「おう、兄弟。そのことがわかれば、自分の目で世の中を見ることができるやろ。どうや気分は、まったく違うやろ」

「はい、まったく違います。僕、何をやってもいいんですもんね」

「ああ、そうや。おまえの人生、おまえが自分で決めて何をやってもええ。他の奴の決めた価値観なんてクソ食らえじゃ！　なあ。ハハハ」

僕は、自分は本当は何に興味があるのか、考え直さなければならないと思った。

本当は何に興味があるのかを実は考えたことがなかったという事実は、衝撃的だった。同時にそのことを自分に問いただすのは、新鮮なことでもあった。

関東に滞在した三日間を取り戻すかのように、快調に西に向かうトラックの中で、僕は初めて自分とは何かを考えたのかもしれない。

★

一人、車の中で待たされているあいだ、僕の胸は躍っていた。

そこへ柳下さんが帰ってきた。

「おう、これを持ってろ」

「はい」

僕が渡されたのは、乗船券だ。

「兄弟には悪いが、さっきの渋滞が響いて予定してた船に間に合わんかった。一本前の船なら、松山に寄って、そのまま大分まで連れてってくれたんやが、しゃあないから、こっちに乗る。このフェリーに乗れば、明日の朝には愛媛の東予港《とうよこう》に着く。そこから松山までは車で約一時間や。その仕事が終わったあとワシが大分行きの船が出ている港まで連れてってやる。せやな、明日の昼には大分行きのフェリー乗り場に着くやろ。そっから先は、自分で何とかせい」

「ありがとうございます。それにしても、大阪からはフェリーで四国に行くんですね」

「まあ、いつもならこのまま一気に岡山まで走り通して、瀬戸大橋を渡っていくんやけど、今日はこっちや。金はかかるけど、楽やからな」

僕はフェリーに乗るのも初めてで、目の前の大きな船に圧倒されていた。気分が高揚して、一本前のフェリーならそのまま大分まで行けたことなどまったく気にならなかった。

乗船時間となり、次々に車がフェリーの中に吸い込まれていく。僕たちのトラックもフェリーの中に収まると、車止めをはめられて客室のほうに移動した。

駐車場から、客室へはきれいな鏡張りのエスカレーターで上がっていく。

客室は一流ホテルのロビーのようで、僕の想像をはるかに超える豪華さに胸が躍った。

僕たちが泊まる部屋には、二段ベッドが二つの通路に合計一六、設置されていて、柳下さんは番号を確認すると、

「おまえは上、ワシが下」

と指示をした。

「ワシは、風呂に入ったらすぐに寝るから。おまえは好きにせえ」

そう言うと、柳下さんは、二段ベッドになっている寝台の下の階に荷物を投げ入れて、タオルを肩にかけて出て行った。どうやら大きな風呂まであるらしい。

僕は、さっそくベッドに入ると、さっとカーテンを閉めて、横になった。

手を伸ばせば届く高さに天上がある。

ディーゼルエンジンの振動が背中に伝わってきた。横になると若干左右にゆれているのがわかる。

このまま行くと、明日の夕方には九州まで行けそうだ。

いよいよ、家が近くなってきた。そのことが僕の心を今まで以上に楽にした。

僕は興奮から、寝る気にもなれず、ベッドから飛び起きて、フェリーの中を歩いて回ることにした。

ロビー、ラウンジ、レストラン、売店、ゲームコーナー、等級の高い客室利用客しか入ってはいけない場所もある。とくに誰かが見張っているわけでもなさそうだったので、内心ドキドキしながら、何食わぬ顔でその入口の自動ドアの前に立った。長い廊下が真っ直ぐ続いていて、その両側にホテルのように部屋が並んでいる。

僕は廊下を真っ直ぐに進んでいった。突きあたりには、ここにもラウンジがあり、一人用のふかふかのソファが何脚も置いてあり、自由に使えるバーカウンターまである。前面がガラス張りになっていて、瀬戸内海の絶景が見えるようになっているのだが、今は真っ暗で何も見えない。部屋の中が明るかったので、大きな鏡のようになり部屋の中を映し出していた。

僕はそのラウンジに足を踏み入れて、一つのソファに身体を埋めた。

とはいえ、何もすることがない。キョロキョロ、ソワソワしていると、隣で本を読んでいた人が話しかけてきた。

「初めて乗るの？」

ピシッとしたスーツに身を包んだ人が、長い足を組んで本を読んでいた。どこかのモデル雑誌から出てきた感じのチョイ悪おやじという雰囲気で、あごひげが特徴的だった。

「はい。想像以上にすごくて、船内を見て回っているんです」

「そこで、飲み物をもらってきなよ」

「いや、……実は僕、ここの客室利用者じゃないんですよ」

「気にすることないよ。私がもらってきてあげよう」

そう言うと、その人は立ち上がり、バーカウンターから飲み物をもらってきてくれた。

「ありがとうございます。僕、秋月っていいます」

「よろしく、私は和田だ。君、高校生だろ？　夏休みを利用して大阪に遊びに行ってたのかい？」

「いいえ、違います。東京まで行った帰りです」

「東京？　へえ、じゃあ、大阪までは新幹線？」

「いいえ、ヒッチハイクです」

「ほう、おもしろいね。私も大学時代にヒッチハイクでカナダを横断したことがあるんだよ。今の日本でそれをやる高校生がいるとは、ちょっと見直したよ」

和田さんは、僕との会話に本腰を入れるつもりか、開いていた本を閉じて、ヒザの上に置き、僕のほうに向き直った。

「で、どこまで行くの？」

「熊本です」

「ほう、九州に行くのにいったん四国に入るんだ。なるほど、松山まで行ってそこから大分に行く感じかな？」

「そのつもりです」

和田さんは医者だった。

大阪で研究の発表会に出席した帰りらしい。

若いうちの旅と出会いは財産になる。

とにかくチャンスがあったら旅に出るのがいいと同じことを口にした。

偶然の出会いと、その人たちの親切に支えられて東京からここまで来た僕は、和田さんの話に心から納得することができた。

この経験は、僕の人生の何事にも代え難い財産になるだろう。

そして、一生忘れることがない経験になるだろう。

きっと、和田さんにとってはカナダのヒッチハイク旅行がそういう経験なのだろう。

その話をするときの和田さんの目は活き活きとして潤んでいた。


僕はラウンジをあとにした。

駐車場に行って、柳下さんの車の掃除を少しでもしたいと思ったが、客室から駐車場へは進入禁止になっていた。

僕はあきらめて、甲板に出た。

夜中の海は真っ暗で、手すりに寄りかかって下を見ていると吸い込まれそうな気がした。

真夏とはいえ、正面から来る潮風にしばらく当たっていると肌寒さを感じる。僕は空を見上げた。

こんなに美しい星空を僕は生まれて初めて見た。

他に光がない場所では、こんなにたくさんの星が見える。僕は初めて見る本当の星空に心を奪われ、しばらく動けなくなった。

このとき、この旅がそろそろ終わってしまうということに、初めて寂しさを感じた。

五日目　一期一会

「おはようございます。本船はあと三〇分で東予港に着岸予定でございます……」

急に部屋が明るくなり、爽《さわ》やかさを感じない、事務的な男性の声による船内放送で僕は起こされた。枕元の電気をつけると、あまりのまぶしさに目を開けていられなかった。

明るさに慣れると、僕はハシゴを下りて柳下さんの様子をうかがった。

カーテンの内側では真っ暗のまま柳下さんがまだ眠っていた。

僕は、そのまま化粧室に行き、顔を洗って戻ってきた。

外はすっかり明るくなり、昨日はまったく見えなかった景色がよく見える。

僕はもう一度甲板に出て外の空気を吸った。

船上から見た瀬戸内海の島々は、太古の昔から何も変わっていない風景のように思えて、何だか心が洗われる思いがした。

客室に戻ってきたとき、柳下さんのベッドは相変わらず電気が消えたままで、起きている気配がなかった。

僕はそろそろ起こしたほうがいいだろうと思い、恐る恐るカーテンを開けて中の様子をのぞき込んだ。

柳下さんは、首までしっかり毛布にくるまりながら、脂汗をびっしりかいて、震えながらうなされていた。

「柳下さん！　柳下さん！　大丈夫ですか？」

僕は、柳下さんの身体を揺すって起こそうとした。

「やかましい。すぐに起きるからちょっと待っとれ！」

柳下さんは夢にうなされているわけではなく、ちゃんと起きていた。ということは相当具合が悪いということだ。

僕は、自分のベッドから毛布を引きずり下ろし、柳下さんの上にかけた。

「僕、人を呼んできます」

そう言って、部屋を出た。「みっともないことすんなボケ！」と怒られるかとも思ったが柳下さんは何も言わなかった。相当苦しいのだろう。

僕は、フロントに向かって走り出した足を途中で止めて、上の階にある等級の高い部屋のほうに向かった。

荷物をまとめて、下船のため部屋から廊下に出てきた和田さんとちょうど鉢合わせをした。

「ああ、おはよう和也くん」

「おはようございます、和田さん。お願いです。すぐ来てください。柳下さんが大変なことに……」

和田さんは小さくうなずくと、優しい表情で、

「どこだい？」

と、僕に聞いた。その落ち着いた様子を見て僕は本当に救われた思いがした。

和田さんはベッドの横にヒザをつくと、

「どうしました？」

と優しく柳下さんに話しかけながら、さりげなく手を取り脈を診た。

「おまえ、誰や」

朦朧《もうろう》とする意識の中で柳下さんは、そう言った。でも、相手に不信感を抱いている言い方ではないことがわかる。きっと安心したのだろう。僕は柳下さんの表情で何を考えているかがわかる自分にちょっと驚いた。

「私は医者だよ。安心して」

和田さんは、すぐに額と首の後ろに手を入れて熱の具合を診て、目の様子や口の中の様子を見せるように柳下さんに言った。

「何で医者がこんなところに？」

「和也くんの友達だ」

僕は後ろからその様子を見ていた。柳下さんが僕のほうを見て言った。

「兄弟、おまえ不思議な奴やな。何で、医者の友達がここにおんねん。わけがわからんわ」

そう言うと静かに目を閉じて気を失った。眠ってしまっただけかもしれない。

「和也くん、フロントに行って、状況を伝えて、水とタオルを三枚、できれば氷枕をもらってきてくれ」

「は、はい……」

僕は、急いでフロントに走った。

★

僕は和田さんの病院の窓から田園風景を見ていた。

ここから見える景色は、熊本の景色とあまり変わらない。田んぼの向こうに連なった山々が急に高くなっているように見えるのだけが、ちょっとだけ新鮮だった。

柳下さんのトラックは、いったん港に置いたままになり、僕たち三人はタクシーで和田さんの病院に向かうことになった。

柳下さんは、今日中に荷物を運ばないとダメなんだと何度も主張したが、言葉とは裏腹に身体は何の抵抗もできずにタクシーに乗せられた。よほど調子が悪かったのだろう。

扉が開く音にふり返ると、和田さんが入ってきた。

「和田さん。柳下さんは……」

「うん。相変わらず熱は高いけど大丈夫だろう。今は点滴を打ちながら寝ている。よほど具合が悪いのを、我慢して仕事をしていたんだろうね。まあ、しばらくおとなしくしていれば大丈夫だろうけど、一度ちゃんと検査したほうがいいね。あとで知り合いの大学病院に紹介状を書いておくよ」

「本当ですか。よかった」

「よかったのは、彼のほうだよ。君がいなければあのままトラックに乗って、松山に向かっていたかもしれない。そうしたら事故を起こしかねなかったからね。偶然君と出会って、助かったね」

「僕、船に乗れることで、はしゃいでいたから気がつかなかったけど、柳下さんきっと前の晩から体調が悪かったんだと思います。京都あたりからめっきり言葉数が減りましたし、普段はフェリーを使わないって言ってました」

「そうだろうね。柳下さんが、兄弟に申し訳ないって、しきりに君のことを気にしていたよ」

「僕は、大丈夫です」

「それより、朝食はまだだったね。一緒にどうだい？」

僕は時計を見た。九時半になっていた。

「和田さん、お仕事はいいんですか？」

「今日は、休診日なんだよ」

どおりで誰も来ないはずである。

★

和田さんは、車で一五分ほど走った高台にある喫茶店に連れて行ってくれた。

僕が座った席から、田園風景、港、瀬戸内海が一望できる。

和田さんは朝食を終え、コーヒーをすすっていた。

「そうかい、そんなことを柳下さんは教えてくれたのかい」

「はい、僕にとっては本当に新鮮で、何と言いますか、後ろからガツンと頭を殴られたような衝撃がありました」

「そうだろうね。まったく彼の言うとおりだと思うよ。恥ずかしながら、私もここ最近になってようやく、自分の本当にやりたいことって何かを考えることができるようになったばかりだからね」

「そんなぁ……。和田さんはお医者さんじゃないですか。医者になるためには、高校生の頃から必死で勉強し続けないとダメですよね。僕の友達にも医者を目指してる奴がいるけど、脇目もふらず勉強していますよ。すごいなぁと思うと同時に、明確な夢を持って生きられるそいつを羨《うらや》ましいと思うんです」

「人を羨むことはない。第一、その友達がどうして医者になりたいかを君は知っているのかい？　案外、柳下さんの言ったとおり、お金がたくさんもらえるから、社会的地位が高いから、将来安泰だからといった、他人のメガネをかけたままそれを目標にしているだけかもしれないぞ。もしくは、なまじ勉強ができることに親が気づいてしまったばっかりに、親のメガネをそのままかけて生きているだけかもしれない。そうだとしたら、やはり柳下さんが言うように、いつか生きることそのものが気持ち悪くなってしまって、この世の中自体が苦しむためにあるように錯覚するかもしれないよね。

医者であることイコール昔からの夢を実現している成功者と考えるのは早い。人のメガネをかけたまま大人になって、苦しい毎日を送っている医者がたくさんいて、自分のメガネを見つけて楽しい毎日を送っているトラック運転手がたくさんいるのかもしれないんだよ」

「和田さんはどうだったんですか？」

「私はね、高校時代に大学に行くのは無理だと先生に言われていたんだ」

「そんなバカな」

「本当だよ。それでもなんとか地元の私立の大学に合格した。大学を卒業するときには、就職活動をしてもおそらく企業には見向きもされないだろうと思って、教員採用試験を受けた。不況の今でこそ学校の先生になるのは大変かもしれないが、私の時代は比較的なりやすかったんだ。そこで、県立高校の数学の先生になったんだ」

「学校の先生だったんですか？」

「そう。学校の先生を何年かやっていると、当たり前だけど数学の問題で解けない問題はなくなる。大学時代から海外旅行が趣味だったから、英語もそこそこ話せる。そのとき初めて、今から大学を受験したらおもしろいんじゃないかと思った。それに、実は先生という仕事に対して私はほとんど情熱を感じていなかった。

あの頃の生徒たちには本当に申し訳ないことをしたと思っている。

私は、自分のためだけに、自分の生活費を得るためだけに先生という仕事をしていたに過ぎない。そのことをいちばんわかっていたのは私自身だった。だから、やめる機会を探していたのも事実だ。そこで大学を受験し直して、医学部に入った。もちろん……」

和田さんは、コーヒーをすすって一息ついた。

「もちろん、医者を目指した理由は、柳下さんの言うところの他人のメガネをかけたまま世の中を見ていたからだ。学校の先生より医者のほうが、社会的地位が高い。収入が多い。生意気な若者たちとのぶつかり合いもない。何よりかっこいいと思った。正直、自分のプライドを満足させるためだけに、今の仕事を選んだ」

「今でも、そう思っているんですか?」

「まさか。もし、今でもそう思っているとしたら、君にこんな話をすることはできないよ。今はそう思っていないから、昔の愚かだった自分の話をすることができるんだ。

そのきっかけをくれたのは母だった」

「お母さん……ですか」

「ああ、そうだ。しばらくすると私は医者すらやめたくなったんだ。収入も社会的地位も手に入れて、他の人から見ると幸せな毎日に見えたかもしれないが、柳下さんの話どおり、私の人生は、私の欲しいものではなく、他人が持っているものや、他人が羨ましがるものを求める生き方に変わってしまっていた。自分がなりたいから医者になったんじゃなく、医者だとみんなからスゴイと思われるから医者になった。高級車に乗ったりもしたが、同じ理由だった。そのうち心がすさんでいった。

患者に対してイライラするようになった。

私の仕事は人の身体をよくすることではなく、ある症状に対してマニュアルどおりの薬を処方してお金をもらうことに変わっていった。

そんな自分のことをいちばん嫌いになっていったのは、他の誰でもない自分自身だった。

ある年の正月、私は母に何げなくこう言った。『医者をやめようかな……』とね。

そうしたら、母は何と言ったと思う？」

「そりゃ、反対するんじゃないですか?」

「私もそう思った。きっと引きとめてほしかったからそう言ったんだろう。ところが母はこう言った。『自分の使命を見つけるまで何でも好きなことをやったらいい。そして、自分の使命を見つけたらそれに命をかけて生きりゃいい。聡はそれができる子やけん』。私は、不覚にも涙がこぼれてきた。

私の母はいつだってそうだったのを思い出したんだ。

私は、いつでも自分を幸せにする方法を考えていた。でも、母は私に違う生き方をしてほしいと願い続けていたのだということをこのときになって初めて気がついた。

『使命』という言葉によって」

「使命……」

「そう、使命。母は私に世の中に対して自分が何ができるのかをしっかり見つけろということが言いたかったんだろう。そしてそれを見つけたらそれに命をかけて生きろと。それが母の幸せであり、おまえの幸せだと伝えたかったんだろう。

私は、自分が幸せになることばかり考えて生きていた。

もちろん、先生時代には生徒たちに、医者になってからは患者たちに、さも相手のことを心配しているかのように偽ってね。

でも、その結果どうなったか。

幸せを感じることなどできなかった。

母からその言葉をもらってから、今の自分にできることは何かを真剣に考えるようになった。

そうしたら、医者をやめようという気持ちはなくなっていった。医者じゃなければできないことがたくさん見えるようになってきたんだ。

そして、初めて気がついた。君が一七歳にしてすでに気がついたことに、私は三三歳にして初めて気がついたんだ。

人間は、誰かの役に立つ生き方に専念したとき、それによって得られる報酬に関係なく、幸せを感じることができるんだということにね」

「僕、僕は確かにそのことをこの旅で学びましたけど、それでも僕の人生、これから何をやるのか決まっていないし、他人のメガネをかけ続けてきた一七年を今ようやく終えたばかりなので、正直自分の使命どころか、やりたいことすら見つけられてないんですよね」

「君は大丈夫だ。やりたいことを見つけたら何にだってなれるよ」

僕は苦笑いをした。今まで何をやっても中途半端だった僕に、和田さんは何を根拠にそんなことを言っているのか。

「どうして、そう思うんですか?」

「君は生まれたばかりの子供を見たことがあるかい?」

「いいえ、まだないです」

「そうかい。今度見てみるといい。じっと見ているとある一つの感情が浮かんでくる。それは、この子はまだ何も経験していない。これからいろんなことを経験することによって、自分でどんな人生にだってできる。

この子には無限の可能性があるんだということを、強く感じるんだ」

「何となく、想像できます」

「じゃあ、子供の持つ無限の可能性を引き出すために親は何をするべきだと思う?」

「クラシックの音楽聞かせたり、できる限り小さい頃にいろんな言語を聞かせるといいってテレビで言ってたのを聞いたことがありますけど……」

「そうすればみんな能力を伸ばすことができると思うかい?」

「ううん……ちょっと違うような気もします」

「そうだね。幼児期にいろんな習い事をして英才教育を受けた子供たちが大人になって、才能を開花させたかどうかを追跡調査してみるとおもしろいかもしれないけど、必ずしもそうはなっていないと私も思う。つまり、大切なのはそういうことじゃないんだ。

それよりも大切なことはね、どんなことをやらせてもいい、何も音楽なんて聞かせなくても子供の好きなように遊ばせていてもいい。子供はね、心から信頼してくれる誰かがいて初めて才能を開花させる土壌ができるんじゃないかなぁ」

「心から信頼してくれる誰か……」

「そう、そしてもう一つ大切なことがある。いちばん大切だけど、いちばん難しいことだ」

「何ですか、それは?」

「それはね、『待つ』ことだよ」

「信頼して、待ってくれる誰かがいるということですか」

「そう、そうするだけで子供は絶対に才能を開花できると私は思う。信頼の反対は管理。そして、『待つ』の反対は結果を求めること。今の世の中の母親は、英才教育と称してお金を使って小さい頃からいろんな習い事をさせたりするが、子供を管理しようとしたり、成績や点数という結果を求めたりする。信頼して待つことができないんだ。そうなると、どれほど小さい頃からモーツァルトを聞かせていても意味がない。

君には、君を信頼して待ってくれているお母さんがいる」

「僕は、今回のことで母は僕のことを信頼できなくなったと思いますよ」

「そんなことはない。私は先ほど君の家に電話をしたけど、君のお母さんは、君のことを信頼して待ってくれていることが本当に伝わってきたよ。もし信頼していないのなら、最初の電話を受け取った時点で、『そこで待っていなさい』と言って、翌日朝一番で東京まで迎えに行けばすむことだ。それをしないで君が自力で帰ってくるに任せている。君のお母さんは、君以上に、この旅で君が人間的に大きく成長して帰ってくることに期待し、信じて待っているのさ」

「それでも、僕はウソをついて、親をだましてここにいるんですよ。信じてもらえなくなるのは確実ですよ」

「心配しないでいい。試しに、来年の夏休みにもう一度東京に行きたいと言ってごらんよ。きっと快く送り出してくれるだろうから。そんなことくらいで信頼は揺らいだりしない。

いいかい、子供を信頼するということは、子供の言葉を鵜呑《うの》みにすることとは違う。子供が『僕は悪くないのに先生が僕のことを怒った』と言ったのを聞いて、学校に怒鳴り込んでいく親がいる。どう思う？」

「バカだと思います。だって、そいつがウソついてるの目に見えてるもん」

「そのとおり。おまけに、自分のウソを信じて親が怒鳴り込んでしまうと、その子供は余計に追いつめられる。結局ウソをつきとおして友達をなくして、あの親子おかしいと指をさされる羽目になる。子供の言葉を鵜呑みにすることが、子供を信頼することじゃない。

だって、子供はウソをつくんだ。自分をよく見せようとするウソ、自分を守るためのウソをついてしまう。それが普通なんだ。もちろん、子供だけじゃない。大人だってウソをつく。私は学校の先生をやっていたからよくわかる。学校の先生だって、自分を守るためのウソをつく。学校の先生だけじゃない。みんなそうだ。そのことを知った上で、子供のことを信頼しているかどうかが大切だよ」

「じゃあ、子供の何を信頼するんですか」

「能力。そして成長だよ」

「能力と成長？」

「そう。この子は、この経験を通して一回りも二回りも大きく育つってことを心から信頼するんだ。今はまだ見つけられていないけれども、自分の力でやりたいことを見つけることができるようになるということだったり、どれだけウソをついても、いつかきっとたくさんの人から信頼される素晴らしい人に成長してくれるということに対する信頼だね」

「そして、待つ……」

「そのとおり。結果を焦らずに待ってくれる。私の母は、私のことを信頼して三三歳まで待ち続けてくれた。そのおかげで私は母が期待するような男になろうと決心することができた。三三歳にしてそのことに気がつくのは遅いのか、それとも早いのかそれはわからない。でも私の母にとって三三歳は遅くなかったのだろう。だからこそ、おまえはそれができる子だよと言ってくれたんだろうね。

君のお母さんも、君のことを信頼している。そして、君が成長して帰ってくるのを待ってくれている。

焦ることはない。君のお母さんの愛情に甘えて、いろんなことを学んでゆっくり帰るといい」

僕は、涙がこぼれそうになった。

家を出てから五日目になる。母は、ウソをついて家を出てきた僕のことを信頼して待っている。その母のためにも、一回りも二回りも大きな人間になって帰りたい。

僕はその大きな愛情に包まれて、自分では考えもしなかった出会いの連続で今ここにいることに幸せを感じた。

★

僕は、和田さんにお願いして、東予港に一人で降ろしてもらった。

柳下さんには、本当によくしてもらった。

足柄で出会ってから、ここまで連れてきてくれただけじゃなく、途中の食事や船の費用まで出してくれた。それ以上に柳下さんに教わったことは、きっと僕の人生を変える大切な教えだった。

にもかかわらず、僕は柳下さんに何を返すこともできていなかった。

もらったものに見合うかどうかはわからないが、僕にできることは車をきれいにすることくらいだった。

港の人に話をすると、快く掃除用具を貸してくれた。

柳下さんがびっくりするくらいきれいにしておこう。

トラックの洗車は思った以上に重労働だった。真夏の太陽に照らされてフラフラになりながら気持ちを込めて磨き続けた。

一時間半ほどたった頃だった。

「和也くんね」

という声に、ふり返った。

そこには足の長いモデルのような女性が一人立っていた。

金色の長い髪が海からの風に流されて、向こうから歩いてくるさまは、映画のワンシーンのように決まっている。

「あの……」

「うちのパパがお世話になって……」

「ああ、和田さんですか」

「和田？　私、柳下よ。柳下千里。よろしくね」

「柳下さんの……？」

僕は、スキンヘッドの強面《こわもて》、柳下さんの姿を思い出した。まったく似ているところがない。

それ以上に、パパという呼ばれ方にものすごく違和感があり、思わず吹き出しそうになった。

「柳下さんなら、今病院にいますけど……」

「ええ、わかってる。もう会ってきたわ。それより、急ぐわよ」

千里さんは両手で長い髪を束ね上げ、ゴムで縛りながら僕に何やらあごで指示をした。

「その掃除用具を返してきて、あなたも乗っていくんでしょ？」

そう言うと千里さんは運転席の扉を上げて、軽やかに駆け上がった。

「えっ！　運転できるんですか？」

「できるわよ。早く乗りなさい。あなたを松山まで連れて行ってくれってパパに頼まれてるんだから」

僕は、あわてて掃除用具を返して、助手席に乗り込んだ。

「このまま病院にも寄らずに、松山に向かうんですか？」

「そうよ。この荷物をできるだけ早く届けなければいけないもの」

「柳下さんにも、和田さんにもちゃんとあいさつもしてないのに……」

「そういうのあまり好きじゃないと思うから。それに、パパは私にあなたのことをくれぐれも頼むって、そのことばかり言っていたわ。よほどあなたのことが気に入ったのね。ワシが連れて行くって約束したのに申し訳ないって謝ってたわよ」

千里さんは車を動かし始めた。

窓の外に広がる田園風景を眺めながら、出会いに対する感謝以上に、唐突な別れに対する寂しさが僕を襲っていた。

★

車の揺れにあわせてカタカタと小さな音を立てているものがある。

ふと座席の後ろをのぞくと、出会ったときに柳下さんが持っていたお風呂セットがあった。僕はそれを写真に撮っておこうと思い、デジカメを構え、初めてそのおかしさに気づいて吹き出してしまった。

柳下さんはスキンヘッドなのにシャンプーを使っている。

「どうしたの？」

「いえ……。何でも……。いや、あの……すみません。僕まで乗せてもらって」

「気にすることないわよ。本当についでだから。それに、私だって一人で乗ってるより、話し相手がいたほうが退屈しないですむもん」

柳下さんが最初に言ったことと同じことを、千里さんも言った。やはり親子だ。僕は妙におかしくなった。

「ありがとうございます。それにしてもすごいですね」

「何が？」

「千里さん、トラックの運転手をやってるんですか？」

「そうじゃないわ。何かの役に立つかと思って一応免許だけは取っておいたの。たまにパパの車に乗って交代で運転したりする程度だったけど、こんな形で役に立つなんてね。自分でもちょっとびっくり」

千里さんは少し嬉しそうだ。

「今朝、柳下さんが千里さんに連絡したんですか？」

「そうじゃないわ。パパは会社に連絡したのね。私は昨日のうちからパパが帰ってきたら電話くれるようにってパパの会社にお願いしてあったんだけど、会社の人からこういう状況だって電話がかかってきて、荷物のこともあるから私が行ってきますって……」

「そうだったんですか」

「まあ、おかげでちゃんと話す暇もなくパパとはお別れしなきゃいけなくなっちゃったんだけどね。それでも、直接会って話ができてよかったわ」

僕は運転している千里さんの横顔を見たまま固まってしまった。

「お別れ……ですか……?」

「ああ、病気のことじゃないから心配しないで。私のこと。しばらく会えなくなるの」

「結婚ですか?」

千里さんは僕のほうをチラッと見ると、含み笑いをした。

「パパから何か聞いてるのね」

「娘がいて、その娘が男をつくって家を出て行ったとだけ……」

千里さんはため息ともとれる苦笑いをした。

「まあ、五秒で説明するとそうとしか言いようがないわね。じゃあ、その娘の男がアメリカ人で、今は二人で自宅を使って英会話教室を開いているけど、その男のビザの関係で、もうアメリカに帰らなければならなくって、ついでにそのバカな娘も一緒にアメリカに行ってしまうことになるという話は聞いたかしら?」

「あ……いえ……そこまでは……」

「今月いっぱいで彼のビザが切れるわ。それまでに国に帰らなければいけないの。その前にパパに会ってもらって話だけでもしようと思ったんだけど、あの頑固ジジイが頑として会おうとしてくれないの。まあ、想像どおりだけどね」

「柳下さん、今日は何とおっしゃっていましたか？」

「知らん！　勝手にしろ！　っていつもと同じ。まあ、病気で寝ているから力なくだけどね」

「相手の男は、いい奴だ。もう認めてやろうと思うって僕にはそうおっしゃってました……」

千里さんの表情が硬くなった。僕の言葉に対して何の返事も返さなかったが、瞳《ひとみ》が潤んでいるのがわかる。千里さんにとっては意外な答えだったのだろう。

お互いに相手のことを心から愛し、思い合っているのに、素直に表現することができない親子という関係のもどかしさがそこにはあった。

いや、人ごとだからそんなことを言っていられる。僕が自分の母親に対して素直に自分の感情を表現できるのかというと柳下さんと千里さん以上にあやしい。

「あんなお父さんがいて幸せですね。僕、一日一緒にいただけで生きる勇気をもらったというか、燃えてきたというか……」

「人の親はよく見えるものよ」

「それにしても、千里さん英語話せるんですね。すごいなぁ。僕は英語が苦手で……」

「何を情けないこと言ってるの？　英語が苦手なんて人いないわよ。苦手という言葉で逃げてるだけで、実際は何もしていないだけでしょ。かっこわるいこと言うんじゃないわよ。向こうに行ったら、頭がいいとか悪いとか関係なく、五歳ぐらいの子だって普通に英語話しているわよ」

僕は、自分でもちょっと情けない発言だったような気がして肩をすぼめた。

車を運転する千里さんの目に入ったのだろう。僕のほうをチラッと見てから笑った。

「まあ、わかるけどね。本当のこと言うと、高校時代は私もそうだったから。高校卒業してアメリカに留学して向こうで六年間生活してたから話せるようになっただけなのに、ちょっと偉そうに言ってみたかったんだ」

「いや、実際にすごいことだと思いますよ。英語が話せることもそうですけど、高校卒業してアメリカに留学する勇気がスゴイです。僕ならできるかどうか……」

「逃げただけよ」

千里さんは僕の言葉を遮るように強くそう言った。

「逃げ……ですか？」

「そうよ。逃げでしかなかったわ。もちろん、当時は自分を格好よく見せるために、留学するんだって宣言してたけどね。実際すごそうじゃない、日本の大学じゃなくて海外の大学に行くって？」

「すごそうです」

「今はどうか知らないけど、私の時代は実は日本の大学に行くより簡単だったんだ。一定レベル以上の英語の能力があって、お金さえ払えば行けたのね。そのせいでパパには大変な思いをさせてしまったんだけどね。

私、高校という場所が大嫌いでね。高校だけじゃないわ。中学も嫌いだったけどね。管理、管理、管理で自由が何もなかった。私が行った学校はとくにひどかったわ。何かあると体育館に集められて、怒られて、あれはしちゃダメだ、これはしちゃダメだ……。

何を聞いても、私たちのために教えてくれているなんてまったく思えなくて、とにかく学校の先生が外からクレームをもらいたくないからそう言ってるだけにしか思えなくて。

学校の成績だって全然納得できなかったし、だって数字で評価されてその数字が自分の実力のように言われるでしょ。でも、本当はそんなの私の実力でも何でもなくて、一人の人間の主観による独善的なものとしか感じなかったわ。とりわけ嫌いな先生の教科なんて、あんたが担任じゃなければ、私の成績は全然違ったはずよっていつも思ってた」

「それ、わかります。そうですよね」

「そうね、高校時代はみんなそれが自分の実力だと思って、学校の先生に悪い成績をつけられてもそれを受け入れてしまってね、自分に自己暗示をかけるんだよね。ああ、私数学ダメだから……みたいに。でも、なかなか気づけないのよね。そんなのたった一人の人間の意見でしかないってことにね。

まあ、とにかくそんなこともあって、私は大学を受験できるようなレベルになかったのよ。それで考え出したのが、アメリカ留学。

考えれば考えるほど、自由の国への憧《あこが》れが膨らんでいってね。そのために必要なのは、英語の勉強だけだったし、私はこんな狭苦しい、管理下に置かれる国を抜け出して、自由の国で自由に生きるんだって考えるようになったの。

そのときは自分でもそれが単なる逃げだなんて認識できないくらいに、それが自分にとっていいことだって思い込んでいたわ」

「僕が今聞いても逃げだとは思えないんですけど」

「まあ、高校生にとっては憧れの生活に聞こえるかもしれないわね。でも、実際に向こうで待っていたのは何だったと思う？」

「自由……じゃないんですか？」

「差別よ。日本にいるときには感じる必要さえなかった、人種に対する差別。私が考えていた自由とはまったく違う世界だったわ。確かにあれを自由と呼ぶのかもしれない。でも、私が思い描いていた自由っていうのは、自分にとって都合がいいっていう意味だったということを思い知らされたの」

「自分にとって都合がいい……ですか」

「そうよ。たとえばあなた再来年受験でしょ。受験に成功したって思えるときってどんなとき？」

「第一志望の大学に合格できたときだと思うけど……」

「じゃあ、失敗したって思うときは？」

「きっと、どこにも受からなかったときです」

「でしょ。でも、正直それって、自分にとって都合がいい結果になったときに成功だって思ってるよね。そして、自分にとって都合が悪い結果になったときに失敗したって。でも、実力どおりの結果はどっちか自分でわかるでしょ。全部不合格になったとしたら、それは失敗じゃなくて、完全に実力どおりじゃない。みんなそれを知っているのよ、本当は。受験だけじゃないわ。あらゆることに対して、みんな自分の都合のいい結果になることを成功だと思ってる。

私ね、日本を離れてみてわかったの。私は自分にとって都合のいい結果を求めていて得られなかったから、そこから逃げたんだって。逃げてアメリカに行ってみて、そこでそれまで以上に自分にとって都合のいい結果を手に入れることが難しくなったわ」

「後悔しましたか？」

「いいえ、後悔はしなかったわ。だってそれを選んだのは自分ですもの。それには責任を持とうと思ったし、ちゃんと友達だってできたし、その環境の中で生きていくことが何より大事だと思えたわ。日本には私の居場所はないと思ってアメリカに行ったわけでしょ。そこにもなかったと気づいて日本に帰っても自分の居場所がないことに変わりはないからね。ここから逃げちゃいけないって思えたんだよね。それに……」

車が高速の入口にさしかかり、千里さんは窓を開けて通行券を受け取った。

「それに……？」

「それに、もっと大切なことを知ったのよ。きっと今のあなたが学んでいることと同じようなことだと思うわ」

「何を学んだんですか？」

「私は日本の学校を嫌いになって、日本人の考え方とか何もかもが嫌になって、アメリカに行ったの。でも、おかしなことが起こったわ」

「おかしなこと……？」

「向こうで日本のことが大好きになっていったの。日本の文化とか、日本人の考え方とか、風土とかそういうものが全部好きでたまらなくなっていったの。あんなに嫌いだった学校もよ。

たとえば、教室の掃除を自分たちでやることに誇りを感じるようになったわ。そういう教育を受けてよかったってね。

今のあなたも同じじゃない？　本当は元いた場所に、自分にとって大切にしなければならないものは全部あったってことね。

それを、ありがたいなんて思わないで文句ばかり言って、今で言うところの自分探しの旅とか言えば聞こえはいいけど、そんなの自分のプライドを傷つけないための言い訳に過ぎなくて、ここじゃなければ自分の理想とする生活があるような気がして逃げ出して、そこに待っていたのは自分の理想とはほど遠い、現実の壁で……まあ、自分で言ってて、自分のことが恥ずかしくなるわ」

「そんな……でも結局英語が話せるようになったわけですし、僕から見ると羨ましい生き方ですよ」

「そうね、だから結果としてはよかったんだと思うわよ。あの経験のおかげで、今、英会話の仕事ができるわけだし、日本のことが好きになったわけだし、結婚相手だって見つけることができたしね。でもね、向こうでの六年間はこっちの大学に行ってその先就職した人の六年間とは比べものにならないくらい、必死でいろんなものを吸収しなければならない毎日だったということだけははっきり言えるわ。

結局、どこにいようと自分が頑張ったぶんしか、人は幸せになることができないんだと思う」

「自分が頑張ったぶんしか、幸せになれない……」

僕は頭の中でくり返した。

受験という壁を前に、いろんな言い訳を自分の中に用意して逃げ腰になっている自分にとっては耳の痛い言葉だった。でも、同時に僕の内側に行動する勇気のようなものが沸々と湧いてくるのがわかった。

「私、日本に帰ってきてから、この国について、いろんなことを勉強したのよ。歴史、文化、政治、神社とかお寺とかにも詳しくなったわ。来月にはもう向こうで暮らすことになるけど、今度は日本のいいところをたくさん持って向こうに行こうと思うの。

私一人に何ができるかわからないけど、向こうで日本人て素晴らしいんだぞとか、日本ていい国なんだぞって、一人でも多くの人に知ってもらいたいと思うんだよね」

「そのために、勉強されたんですか?」

「もちろん、単純に知りたいって思ったのが先なんだけどね。だいたい、和也君くらいの高校生になると、向こうに留学して、英語が話せることがかっこいいことだって思ってるでしょ」

「そりゃ、かっこいいですよ」

「でも、そんなの格好よくも何ともないわよ。英語を話せるその人が何を話すかが問題なのよ。わかる?」

「何を話すか……ですか?」

「そうよ。向こうに行けば英語を話せるというのは特技でも何でもない。できて当たり前のことでしかないわ。でも、たとえ片言でも、その人しか持っていないことがある人は、どんな世界でだって生きていける。逆にどんなに流暢《りゅうちょう》に英語を話すことができても、その人の中身が空っぽじゃぁ意味がないわ。あなたもそうよ。将来留学したいと思う?」

「そうですね。興味がないわけじゃないです」

「うん! いいことよ。どんどん外の世界に行きなさい。でも行けばわかるわ。

あなたに興味を持ってくれる人は、あなたに日本のことや文化のことを聞きたがる。でもそのときにあなたに何の知識もなければ、わざわざ遠くから自分のためだけに英語のスキルを磨きに来た東洋人に興味を持つことすら薄れていくわ。

海外に留学したいのなら、英語よりも、日本史とか古文とかそういうものを必死に勉強したほうが絶対にいいわよ。だいたい国際化とかいって英語の勉強させたって国際人なんてできないのをわからないのかね、この国のエライ人たちは。

英語なんて向こうに行けば自然と話せるようになるし、行かなければいつまでたっても無理よ。それより、この国に住むすべての人は、もっとこの国のことを知って、愛して、外に出たら自信と誇りを持ってそのよさを伝えることをしないと。日本人が国際人になるってそういうことでしょ」

「そう言われてみれば、そうですね。僕、何も考えずに、国際人イコール英語ができる人だと思ってました」

「まあ、偉そうに言っている私だって、実際に行ってみるまでそう思ってたんだけどね」

千里さんはちょっと豪快に笑った。

笑い方も柳下さんにちょっと似ている。

それから、急にまじめな顔をして大きな声でこう言った。

「オイ、少年！　おまえ、日本男児だろ。ちっちゃくまとまるなよ。誇りを持って世界に出て、これが日本人だってところを見せてってよ。頼むぞ日本男児！　しかもあんた九州男児じゃない」

「わかりました……」

「声が小さい！　もう一回！」

「わかりました！」

「わかればよーし」

千里さんはまた大声で笑った。

山間を走る高速道路の前方に、大きく広がった平野が見えてきた。もうすぐ目的地に着くということを千里さんが教えてくれた。

僕は窓の外を見ながら考えた。

千里さんと同じように、僕も親元を離れる日が近づいてきている。

兄のように、ずっと一緒にいるという生き方もあるのかもしれない。でも、僕はそれを選ばないだろう。

ということは、自分の親と一緒に生活をするのも、あと一年とちょっとなのかもしれない。

千里さんの言うように、きっと僕も親元を離れて、親のありがたさを知るのだろう。僕があまり好きではない田舎のことを誇りを持って話したくなるのだろう。

「自分探しなんて言い訳に過ぎない」

千里さんの言葉が頭から離れない。

そうだよな。結局どこに行ってもそこにいるのは今日の自分でしかない。

将来違う場所にいる自分は、何だか別の自分のような気がしていたけど、どこまで行ってもそこにいるのは今日の自分だ。

千里さんは今、目の前にあるものこそが大事なものだということを教えてくれたのだろう。

確かにそのとおりだ、今この瞬間は、僕の人生にとってかけがえのない瞬間の連続。

実は今までそう考えなかっただけで、家にいるとき、親と話しているとき、友達と一緒にいるときだってそうだったんだ。

手が届かないものになって初めていとおしく思えるものがある。

僕は、手が届かなくなってからしか気づけないのはイヤだ。強くそう思った。

★

結局、千里さんは僕を松山から車で八幡浜港まで連れて行ってくれた。

「はい、乗船券。いよいよ九州ね」

「ありがとうございます。あの、柳下さんにくれぐれもよろしくお伝えください」

「わかってるわよ。さあ、乗って」

僕はもう一度、お礼を言って船に乗り込んだ。

昨日と同じようなつくりの豪華な客船で、船に入るとすぐにエスカレーターがロビーのような場所へとつながっている。僕は、そこからあわてて階段を駆け上がり甲板に出た。

千里さんは動く気配を見せず、岸壁にたたずみ、僕を見つけると手を振ってくれた。僕を見送ってくれるらしい。

やがてフェリーは徐々に岸から離れ始めた。

「ありがとうございます」

僕は精一杯の声で叫んだが、フェリーのエンジン音にかき消されて千里さんの耳には届かなかったかもしれない。千里さんは笑顔のまま手を振り続けてくれた。

僕は、涙が出てきた。

どうしてだろう。人前で泣くことなんてここ何年もなかったのに。泣きそうになるとできる限り感情を押し殺して違うことを考えたりして、涙を流すことを恐れてきたのに。どうして見送ってくれる千里さんを見て涙が出るんだろう。

きっとこのシーンも僕は一生忘れることはないだろう。

僕が思い出しているのは、千里さんだけではなかった。

空港で出会った田中さん。吉祥寺の美容室の店長、木原さん。そして田中さんの息子の雄太さん。厚木の警察官、太田さん。僕をここまで連れてきてくれた柳下さんと、千里さん。そして、東予の医師、和田さん。

一人ひとりとの会話が浮かんでは消える。

すべてが僕の人生にとってかけがえのない出会いなのは間違いない。

一生忘れることのない素晴らしい思い出になるだろう。

そんな素晴らしい人たちと偶然にも出会い、いや、必然だったのかもしれないがとにかく出会い、そして別れる。

僕はすべての人と必ずまた会うんだと心に決めた。

そう強く心に言い聞かせなければ、こんなに素晴らしい出会いなのに、みんなとは二度と会えないような気がして、心が締めつけられて苦しくなった。

思いは止まるどころかあとになるほど容赦なくあふれ出てきて、僕は声をあげて泣き始めた。

なんて素晴らしい人たちと僕は出会ったんだろう。

僕は自分の涙が感動の涙でもあるということに、このとき初めて気がついた。

そう、涙は流れてくるけど、顔を上げて笑うことができる。

つらく悲しい涙ではなく、出会いに対する感動の、そして感謝の涙なんだ。

僕は顔を上げて、涙でぬれた顔を海風にさらした。

気づかないうちに、岸がかすんで見えるほど遠くまで来ている。

涙はすぐに乾いた。千里さんももう見えない。

「前を見よう。前を見てどんどん進んでいこう！」

僕の心は、スッキリと晴れ渡った空のように澄み切っていた。

人は感動の涙を流すたびに、いろんなややこしいものが消えるのかもしれない。

今はなんだか世の中は、そして生きるってことは、とても単純なことのように思えるから不思議だ。

このときの僕は、本当にそんな気がしていた。

僕はそのとき初めて、僕の横に並ぶようにして同じように海を見つめている人がいることに気がついた。

何げなくその人のほうをうかがうと、その人も僕のほうに目を向けてきて、ちょうど目が合った。

その人の目も涙でぬれていた。

僕は思わず会釈をした。

「君の涙は、新しい者になるための合図。私の涙は、昔の自分に戻るための合図かの……」

その老人は確かにそう言った。僕は何のことかわからずにただ笑顔をつくって返した。

その老人も笑顔を返してくれた。

「君は、若いのにいい顔をしているね。旅の途中かね?」

「はい」

「いいねぇ。君のような目をしている若者と話をするのは、久しぶりかもしれない。さぞかし君自身を成長させる旅だったのだろう。違うかね?」

「いいえ、そのとおりです。今の僕は、数日前の僕とはまったく違うと思います」

「ほう……ということは、素晴らしい出会いがたくさんあったということじゃな」

「どうしてわかるんですか?」

「人間は新しい出会いがなければなかなか成長できんもんじゃよ。昔から人間を成長させるものは出会いと相場は決まっておる」

「おっしゃるとおりです。素晴らしい出会いがたくさんありました」

「して、君はその出会いによってどう変わったのか、もしよければこの年寄りに教えてくれんか?」

「う〜ん、言葉にするのは難しいんですけど、いろんな人がいろんなことを教えてくれました」

僕は、熊本を出てから今日までの五日間に起こったことを一つひとつ話していった。三品という名のその老人は、とても興味深そうにその話を最後まで聞いてくれた。

「なるほど、それでおまえさんはその顔になったか。納得じゃ」

「顔で何かがわかるんですか？」

「ああ、わかる。おまえさんのような顔をした若者がきっとこの国を変える」

「そんな……この国だなんて。第一、僕は偉そうに数日前の僕とは違うなんて言っても、だから何をして生きていくかが決まったわけじゃないし……」

「そういうものがわかるのは、もっとあとになってからで十分じゃよ。今は自分の好きなことに正直に、真っ正面からぶつかるだけでいい。それ以外のことを考える必要はない。それをせずに、自分に何ができるかなんて考えても何も浮かびはせん」

「自分の好きなことに正直に、真っ正面からぶつかる……」

僕はくり返した。

「そうじゃ。実はこれが案外できない。やりたいことをやるのはとても勇気がいることじゃ。でも大事なのは結果じゃない。それにぶつかり続けているときに何を感じるかじゃ」

僕は高校に上がるときにやめてしまった野球のことを思い出していた。僕が野球をやめた理由は、僕がいちばんよく知っている。中学の野球部で下級生にレギュラーを奪われた僕は、補欠になって惨めな思いをするのがかっこわるいと思っていた。

だから、三品さんの言葉を借りれば、好きなことに正直になることをやめた。野球なんてもう興味がないと、まわりの人間に言うようになった。興味がないから実力を伸ばそうとしなくなり、レギュラーを奪われたという話の流れを自分でつくり出して、正面からぶつかることを避けた。こうやって言葉にすると、そっちのほうがかっこわるいことだとはっきりとわかる。

でも、当時はそれにぶつかっていくだけの強さが僕にはなかった。

プライドだけが高く、それを汚されるくらいなら、初めから勝負を避ける奴だったということに、そのとき否応なく気づかされた。

「そうですね。本当に勇気がいりますよね。僕、今でも結果を気にせずに自分の好きなことを好きって言って、他の人にどう思われようとそれを続けるだけの強さがあるかどうか不安です」

「ハハハ、それを自分で認めることができた時点でおまえさんは大丈夫じゃ」

「自分の好きなことに正直にぶつかって生き続けたら、僕がこの旅で出会って、いろんなことを教えてもらった人たちのように、自分の生き方に自信を持って生きていけるようになりますかね？」

「ああ、なるだろうよ。おまえさんに一ついい話を聞かせてやろう。聞くかね？」

「はい、ぜひ。僕、こういう出会いがたまらなく好きになっているんです。きっと三品さんに出会ったのも、その話を聞くためですよ。お願いします」

「ホホホ、ありがたいのぉ。ただ、ここはちと肌寒くなってきた。中に入ろうかの」

「はい」

僕たちはラウンジに並べられたテーブルに向かい合うように座った。

三品さんは、

「結構寒かったのぉ……」

と言いながらかぶっていた帽子をテーブルの上に置いた。

「人は、ある瞬間に人生の使命と出会う。今の時代、おまえさんはまだ自分の人生の使命と出会うには早すぎるじゃろ。ところが私の若い頃は、今のおまえさんと同じ年代の若者がみな人生の使命を感じて生きておった。どうしてかわかるかな」

「う〜ん、やっぱり昔の人のほうが大人だったんですかね」

「そんなこともないぞ。私だって君くらいの年齢の頃に川で泳いだり、今の高校生諸君が、子供っぽいとバカにしてやらないようなことを結構本気でやっておった」

「じゃあ、どうしてだろう……きっと、そういう教育を受けたからですか」

「否定はしない。でも、少なくとも私は受けた教育によって、私が誰かに使命を持たされたとは思っておらん。自分から進んで使命を感じたんじゃ。

答えは、命の有限性を今以上にはっきりと感じていたからじゃ」

「命の有限性……ですか」

「うむ。使命とは文字どおり、自らの人生を何に使うのかということを自分で決めることだ。

そして、自分の命は限りある有限なものだと強く認識した者ほど、自分の使命が何か考えようとする。持たずに生きることはできなくなると言ってもよかろう。

私がおまえさんくらいの年頃には戦争があった。みんな自分の命がいつまで続くかなんてわからなかった。場合によっては半年も生きられないのかもしれない。そういう時代じゃった。

使命とは限りある命を、永遠に続く何かに変えたいと願う行為じゃと私は思う。

だから、自分の命の有限性を感じる経験を通して、人は使命感に目覚めることができる。

自分の人生があと五年しかないかもしれないと本気で思ったら、その五年でお金をたくさん残そうと思うかね。大きな家を建てようと思うかね。きっと思わんじゃろ。

それは命の有限性を感じた後に、その命を有限なものに変えようとする行為だからじゃ。それをしようと思う者は誰もおらん。

自分の人生があと五年しかないかもしれんと本気で思ったときに、人が考えるのは、この限りある命を、悠久の何かに変えたいという願いじゃ。それが使命じゃな。

もちろん、五年が五〇年でも同じなのはわかるな。

同じ五年でも、五年もあると思う奴もいれば、五年しかないと思う奴もいる。

それは五〇年だって同じことよの。

要は、ああ、自分の人生は限りある有限のものなのだということを強く感じる経験を通して、人は使命というものを見つけ出そうとし、その感じ方の度合いによって、その使命にどれだけ忠実に生きようとするかが決まると、こういうわけじゃろう」

三品さんの言葉は、僕にとって難しい言葉だった。

でも、理解することはできた。

僕たちは幸せな時代に生きていて、自分の人生がいつまでも続くと勘違いしている。いや、命に限りはあるということは知識として知っていながらも、それはまだまだ先にあるような生き方をしている。

確かにそのとおりだ。

だから、自分の貴重な人生という時間を使って、少しでも多くのお金を稼ごうとか、少しでも大きな家に住みたいとか考えているのかもしれない。それが結局、形ある有限なものだとわかっていても。でも実際に、たとえ僕の人生があと七〇年続くとしても、その七〇年は過ぎてしまえばあっという間なのだろう。

そして、そこに命の有限性を感じることができる人は、今の時代に生きていても、自らの使命を見つけることができるということなのだろう。

「じゃあ、やっぱり、僕の考え方次第で、僕も使命を感じて生きることができるようになるということですよね」

「まあ、そう焦ることはない。今は本当に平和な時代になった。あわてて使命を持とうとする必要はないじゃろう。自分のやりたいことに正直に、真正面からぶつかり続ける生き方をしていけば、おまえさんもいつかきっと、自らの命の有限性を無理やりではなく、自然に感じるときがやってくる。そのときには、有限な自らの命を悠久なるものに変えたいと心から感じることができるじゃろう。

まだ若いおまえさんには難しいことかもしれんが、この旅でおまえさんが出会った人々によって、今のおまえさんがつくられているように、これから出会う人々とのご縁を大切にしていけば自然とそういうものがわかる日がやってくる。ああ、自分の人生の使命はこれだと心から思える日がな」

僕は、なんだか勇気が湧いてきた。

焦らなくてもいい。ただ、自分が好きだと思えることに正直に、真っ正面からぶつかり続ける。出会った人たちとのご縁を大切にしていく。そういう生き方が、いつかは、自分の使命につながっていく。

根拠なんていらない。心からそうだと納得できた。

「私がここにいる理由も同じだ。おまえさんにこんな話をすることによって、形のない想いを残すことができる。

私は長くてもあと数年でこの世を去ることになる。しかし、今日の記憶はおまえさんの中でずっと生き続ける。そしておまえさんの考え方の一部分となり、次の世代に伝えられる。私の限りある命は、今この瞬間おまえさんのおかげで悠久なものに変わった。人と人が出会うというのは、それほど大きな意味を持つ行為なのじゃよ」

僕はもう何も言えなかった。

ただうなずいて、三品さんの話を聞くことに集中していた。

この人の考え方を自分の一部にしたい。ただそれだけを考えていた。

「私には、私のせいで亡くなった友人がいる。

今まで私はよほどのことがない限り、そのことを人に話したりはしなかったし、誰かに話をするときにも、私をかばって亡くなったとウソをついておった。

でも、おまえさんにはウソをつくことはできん。

終戦後、私は毎年彼の命日に彼にあいさつに行くことにしてきた。ところが私もこの年だ。今年が最後かもしれんと伝えてきたところじゃ。その帰りの船で、その友人と同じ目をしているおまえさんと出会った。

あいつが会わせてくれたんじゃろう。おまえさんにとっては偶然出会ったじいさまかもしれんが、私にとっては六〇年以上待ち望んでおった出会いじゃ。

そんなおまえさんにウソは通用せんじゃろう。そう、あいつは戦地で絶望的状況に陥った私に生きる気力を持たせようと、一緒に日本に帰るんだと励まし続けてくれた。私を置いて先にそこから脱出することができたはずだが、あいつは頑なにそれを拒んだ。そしてあいつだけが敵の銃弾に倒れた。私は、私の命は……」

最後は声にならなかった。三品さんは、涙を流し続けた。

何十年にもわたって心に抱き続けてきた想いだったのだろう。その苦しみ背負ってきたものの大きさを僕は感じることすらできなかった。

僕は何も言えず、同じように涙を流し続けるしかなかった。

船内放送が入った。

もうすぐ大分に到着するらしい。

僕は涙をぬぐって三品さんに向き直った。

「三品さん。僕、せっかくご縁をいただいて、まだまだお聞きしたいこともたくさんあって、だから、あの……また、お会いできますか？」

三品さんは、微笑みながら首を振った。

「今日は、天国にいる私の友人の計らいでおまえさんと出会うことができた。また、出会う必要があるときには、私の友人がおまえさんと私をどこかで出会わせることだろう。だから、連絡先などは教えんよ」

僕は、一層涙があふれてきた。三品さんは立ち上がって手を差し出した。

僕は、しゃくり上げながらその手を握り返した。

微笑み返してくれた三品さんの表情は、心なしか明るかった。

三品さんは、僕の耳元に口を寄せて小さくささやいた。

「おまえさんの時代じゃ。自由に、自由に生きろ……」

僕は強く何度もうなずいた。

「さて」

三品さんはさっと一歩下がると、テーブルの上の帽子をとり、慣れた手つきで頭にのせた。ひさしに触れながら軽く会釈をして、小さい声で、「また、会いましょう」と言うと階段を下りて下船口のほうへ向かった。

僕はその背中を追うこともできず、ただ立ちつくしたまま見送った。

その後、階下に降りていった僕は三品さんの姿を探したけれども、とうとう見つけることはできなかった。

船から降りた僕は、周囲に三品さんの姿を探そうとしたけれども、やはりそれらしい人影は見つからなかった。

ほんの数分前までは目の前で話をしていたのに、忽然《こつぜん》と姿を消した老人の姿を探しながら、僕は三品という老人との出会いが、本当にあったことなのか、夢の中の出来事なのか判断ができないという不思議な感覚に襲われていた。

幻ではないはず。でも、誰に聞いても「そんな老人いなかったよ」と言われたら、自分の記憶を疑ったかもしれない。


半ば夢見心地でフェリーターミナルの外に出た。

二時間半の船の中で、大分から熊本まで連れて行ってくれる人を探そうと思っていた僕の計画は、三品さんとの出会いで完全に狂ってしまっていた。

ターミナルの外に出てからも、しばらくは三品さんの姿を探したが、やはり見つけることはできなかった。

気持ちを切り替えなければいけなかった。

「さあ、あと少しだ」

決意を新たにした瞬間に僕の旅は、前触れもなくあっけなく終わった。

フェリーターミナルの外に、僕の兄が車で迎えに来てくれていたからだ。

「よぉ、おかえり。ちゃんと帰ってきたのお」

千里さんが気を回して僕の実家に電話をしておいてくれたらしい。その電話をとったのが、たまたま休みで家にいた兄だったというわけだ。

「うん……」

僕は、五日前なら心から喜んで待ち望んだ瞬間を目の前にして、心から淋《さび》しくなった。

僕の人生を変える旅が終わってしまったのだ。

それも、余韻を楽しむ暇もなく……。

「なんやおまえ、せっかく迎えに来てやったとに。喜んでもらえると思って来てみりゃ、がっかりした顔ばしやがって」

兄は、本当に不機嫌そうに言った。

僕の表情は、弟を思ってわざわざ迎えに来てくれた兄を不機嫌にするのに十分な顔だったのだろう。いや、自分でもそんな顔をしていた変な自信がある。

僕は精一杯のつくり笑いを浮かべて、兄にお礼を言った。

「そがんことなかよ。ありがとう、兄ちゃん」

「まあよか、とにかく乗れ。おやじもお袋も家で待ってるぞ」

「うん……」


僕がこの五日間で経験したことを話し終わる頃には、車の外の景色がだいぶ見覚えのある景色に変わっていた。

兄は、初めのほうは、「へえ」とか「それで」といった合の手を入れながら楽しそうに聞いていたが、途中から、まじめな顔をしながらうなずくだけに変わった。兄の心の変化はどういうものだったのか僕にはわからない。

でも、僕が経験してきたウソのような本当の話が、実は少なからず兄に影響を与えたのは事実だと思う。というのも、兄が仕事を急に辞め、上京を決意したのは、この一か月後のことだったから。

僕は車の中で兄に一つだけ質問をした。

「ねえ、兄ちゃんは、自分のやりたいことに正直に、真っ正面からぶつかって生きとる？　自分のやりたいことにウソばついとらん？」

兄は「さあな……」と言って口元だけで笑ったあと、静かになった。


こうして家に帰った僕を、母は笑顔で迎えてくれた。

「おかえり」

と言いながら、手を腰に当てて玄関で仁王立ちしていた母は、ニヤニヤしながら僕の顔を見てそのあとこう言った。

「いい顔しとるね」

僕は家に帰ったら一番に言わなきゃいけないと心に決めていたことを口にする勇気をふり絞っていた。

いざとなったら意気地がない自分にまた負けそうになる。それでも自分の中に湧いてきたいろんな感情に結局は打ち克ってそれを口にすることができた。

「母さん。ウソついて、心配かけてごめんなさい」

母は、声をあげて笑いながら背を向け、台所のほうに向かって歩いていった。

背中を見ただけで、安堵《あんど》の涙を流しているのがわかる。母はそういう人だ。

「本当だよ。まったく、心配ばっかりかけて。でも、いい顔で帰ってきたね。そがんところで突っ立ってないで、中に入りなさい。食事の用意をしとるよ。それから……手紙ありがとうね」

僕は、涙が出てきた。今日は泣いてばかりだ。

でも、僕は人間的に強くなった気がする。

「ごめんなさい」という言葉なんて、小学生以来言ったことがなかった。

それは僕が悪いことをしなくなったんじゃなく、「ごめんなさい」を言う勇気をなくしていただけのことだ。

母に、ごめんなさいと言ってみて初めてそう思った。

それだけでも僕は変わって帰ってきたのかもしれない。

居間に入ると、父がいつもの場所に座ってビールを飲んでいた。

何か言われるかと覚悟していたが、父は何も言わず笑っていた。

その日の夜、兄が教えてくれた話によると、父は、あいつももう一七歳だ、やがて大学を受験して、そうしたら家からいなくなる。まあ、少しは自分の力で生きる自信をつけておいたほうがいいだろう。ほっとけほっとけと言って笑っていたらしい。

久しぶりに、母のつくった夕食を食べた。

少し恥ずかしかったけど、しっかり手を合わせて「いただきます」と言った。

母は嬉しそうに「どうぞ」と言った。

そのあと、久しぶりに我が家の風呂につかった。

帰ってきたんだと心から思ったのはその瞬間だった。

僕は今までやったこともなかった風呂と脱衣所の掃除をした。

いろんな人との出会いで僕が教えてもらったことを忘れたくないと思ったからだ。

そのあと、ようやく二階の自分の部屋に入った。

机の上には、手紙と葉書が一通ずつ置いてあった。

一つは川崎の田中さんからの手紙。もう一つの葉書は上半分が写真になっていて、ものすごくきれいな女の人と太田さんがデレデレの笑顔で写っていた。メッセージには、

「また、必ず会おう」

とだけ書いてあり、追伸という形で、

「彼女がフィアンセです」

と書いてあった。

僕は田中のおばさんからの手紙の封を開けた。

ベッドに横になりながら、おばさんからの手紙を読んだ。

そこには、僕に対するお礼の言葉がつづられていた。雄太さんと再会して、これからもちょくちょく会えるようになりそうだということが書いてあった。

僕は鞄《かばん》から、デジカメを取り出して、おばさんとのツーショットの写真を見た。

ほんの数日前の出来事なのに、だいぶ昔の出来事のように感じる。

それから僕は、知らないうちに眠ってしまった。

夜中に目を覚まして、机に向かいおばさんへの手紙を書くリアルな夢を見た。

翌朝、目が覚めたときにその手紙を探しても見つからなかったことで、それが夢だったんだということに初めて気がつくほどリアルな夢だった。

その後……。

その三日後、夏休みが終わった。

僕は、学校でいつもと変わらぬ仲間と再会し、いつもと変わらない会話から日常が始まった。

「終わってみれば、夏休みなんてあっという間やね」

「ホント。おまえらに会えんとは淋《さび》しかけど、勉強せんばいかん毎日がまた始まるかと思うと、へこむのぉ」

そんな会話が耳に入る。

「なぁ、和也」

僕はふり返って力強く宣言した。

「俺は、必死で勉強して、大学行くって決めたけん、実は学校が始まるの楽しみにしとったよ」

僕は変わった。

その変化に僕の友人たちはすぐに気がつき、戸惑う者もいれば、歓迎する者もいた。

「何や、急に。今からやっても間に合わんぞ」

と言う奴もいれば、

「こがん早くからやったら息切れするよ」

と言う奴もいる。

みんなの心理は手に取るようにわかる。かつては自分がそれを言う側だった。

誰かがまじめに勉強をすると宣言すると、不安になる。その不安を解消するいちばんの方法は、そいつが勉強しなくなるように仕向けることだ。

何もしないで同じ場所に止まり続ける仲間は一人でも多いほうが安心する。

そんなの意味ないってわかっているのに。

だから、中にはこういう奴もいる。

「そうやな。和也が本気になるんやったら、俺も便乗して始めようかな」

一人の友達が僕に聞いた。

「どうして急に本気で勉強する気になったと?」

僕は、笑いながらこう答えた。

「前までは、必死でやってできなかったら恥ずかしいけん、必死になるのを避けとったとよ。でも、今は負けるのが怖くて逃げとるほうがかっこわるいと思えるようになった。逃げんで真っ正面からぶつかっていったほうがかっこいいと思えるようになったとよね。結果として偏差値が上がるとか上がらんとか関係なく、俺は逃げんでぶつかることにした」

「もう、行きたい大学とか決まったと?」

「せっかくやけん東京大学に行く」

その言葉は、さすがに誰にも本気にしてもらえなかった。みんな単なる冗談だと思って笑っている。僕も笑った。でも僕は逃げずにぶつかっていこうと本気で決めていた。

「何かまた、でっかいホラ吹いとる奴がおるぞ!」

教室の後ろから史弥が入ってきた。

「よう、史弥。ホラに終わるかもしれんけど、俺はまじめだよ。まあ、それもこれも全部おまえのおかげやけどね」

史弥はちょっと面食らってるようだった。

「俺のおかげ……？　わけわからんけど、まあいいや。それより、おまえ覚えとるか？　ディズニーランドの証拠写真持ってきた？」

「ああ、あれね」

「そう、あれだよ」

「あれはね、ウソだよ」

「ほらみろ、やっぱりウソやったやろ」

史弥は鬼の首でも取ったかのように大声でそう言った。

「いやそれがさぁ、大変なことになったとよ。そのウソのせいで。俺、人生変わってしもうたけん」

「何、何、どういうことや」

僕のまわりにみんなが集まってきた。

さあ、果たしてこれからする話のどこまでを本当だと思ってもらえるだろうか。

「これ見てよ」

僕は、仏頂面をしてミッキーと写っているツーショットの写真をみんなに見せた。

あとがき

成功したいと願う若者は「そのために何が必要か？」と問われれば、「もっと努力しなければならない」と自分に目を向けがちです。一方で、世間からすでに成功者と認められている人が「そうなるために何が必要だったか？」と問われれば、例外なくこう答えるでしょう。

「私の成功は出会いによってもたらされました。出会った方々のおかげです」

つまり、幸せも、成功も人が運んでくるもの。

それだけじゃない。その人の持つ無限の可能性を開花させてくれるのも、それにふさわしい人との出会い。

人生は誰と出会うかで決まるのです。

それは何も、有名な人や世間からすごいといわれる人との出会いに限りません。

日常のふとした出会いが、人生を変えるきっかけをくれることだって少なくありません。いや、ほとんどがそうです。

大きく人生を変える、結婚相手との出会いも、最初はそういう偶然の出会いがきっかけですから。

ただ、確かに一つひとつの出会いは偶然起こっているように見えるけれども、「今」という場所から過去をふり返り、一つひとつの出会いを見つめてみると、どれも今の自分を創《つく》る上で欠くことができない必要な要素になっていることに気づかされます。

つまり、すべての出会いが今の自分にとって必要だったからこそ起こったようにも思えるのです。

「偶然に見えるすべての出会いが必然である」。僕はそう思っています。

であるならば、自分から出会いを求めて行動することによって、人生は今まで以上に拓《ひら》けるはずです。そういった意味では、旅は人生をよりよく生きる出会いをもたらしてくれる場になります。

もちろん旅から得られることはそれにとどまりません。

海外に旅行をしてはじめて、日本のよさ、日本の文化の素晴らしさに気づくことがあります。

非日常の世界から自分の日常を見ることで気づくことがたくさんある。過去多くの偉人が、そうやって自分の使命を発見してきました。

彼らは旅によって自分の人生を何に使うべきかを発見していったのです。

つまり、人は自分の居場所じゃないところから自分の居場所を見る経験から、新しい気づきや日常に対する感謝、人生の使命すら知ることができるのです。


旅は人生を変えるきっかけになります。

★

人間は何も持たずに裸で生まれてきます。

ところが、この世で何年も生活を重ねるにつれて、いつの間にかいろんなものを手に入れていきます。つまり、人間は何も持たずに生まれてくるけれど、何も持っていないその人間の中には、あらゆるものを創り出す力がすでに備わっているということ。

すべての人間が持っている、あらゆるものを創り出す力。

それは「想像力」。

今の時代、一人ひとりに求められているのは「生きる力」です。

そして「生きる力」とは「想像力」。

どんな世の中になろうとも、どんな状況になろうとも、今できることは無限にあります。問題は「今できることは無限にある」と思えるだけの想像力が育てられているかどうかです。

たとえどんな世の中になろうとも、今自分が手にしているすべてを失う日がこようとも、人間に生まれながらに備わっている無限の想像力がしっかり働きさえすれば、今の自分にできることは無限にあることがわかります。

そういう人によって、未来は拓かれ、新しい時代が創られていくことになるのです。

★

この物語では、一人の若者が旅を通じていわゆる普通の人たちと出会い、その人たちの日常に触れながら、自分の日常を見直す機会を得ます。その中で彼は同時に「生きる力」についても学んでいきます。

思えば僕たちの人生も同じです。
予定どおりにいかないことの連続。その中で起こる愛すべき人たちとの出会い、そして別れ。そのくり返しの中での気づき。

この本によって、積極的に人との出会いを求めて行動し、そして、生まれながらに備わっている「生きる力」を磨こうとする人が一人でも増えることになれば、著者としてこれ以上嬉しいことはありません。

最後になりましたが、この作品は、本当に多くの方のご縁によってこうやって一冊の本になり、みなさまに読んでいただくことができました。関わってくださったすべての方々に、そして最後まで読んでくださったあなたに、心から感謝を申し上げます。
ありがとうございました。

二〇一〇年一〇月

喜多川 泰

喜多川 泰（きたがわ・やすし）
1970年、東京都生まれ。愛媛県西条市に育つ。東京学芸大学卒。98年、横浜市に学習塾『聡明舎』を創立。まったく新しい塾の在り方を追求しつづけている。2005年には作家としての活動を開始。その独特の世界観は多くの人に愛されている。作品に『賢者の書』『君と会えたから…』『手紙屋』『手紙屋～蛍雪篇』『上京物語』（ディスカヴァー・トゥエンティワン）、『「福」に憑かれた男』（総合法令出版）、『心晴日和』（幻冬舎）がある。

喜多川泰のホームページ
http://www.tegamiya.jp/

「また、必ず会おう」と誰もが言った。

2010年11月25日 初版発行
2025年10月10日 第23刷発行

著　者　喜多川 泰
発行人　黒川 精一
発行所　株式会社サンマーク出版
〒169-0074
東京都新宿区北新宿2-21-1
（電話）03-5348-7800
装　丁　岩瀬 聡
写　真　小林キユウ
本文DTP　日本アートグラファ
印　刷　株式会社暁印刷
製　本　株式会社若林製本工場
編集担当　鈴木七沖

ISBN978-4-7631-3115-7 C0095
ホームページ　https://www.sunmark.co.jp